Francesco Guccini

DIZIONARIO DELLE COSE PERDUTE

MONDADORI

Dizionario delle cose perdute
di Francesco Guccini
Collezione Libellule

ISBN 978-88-04-61285-8

I edizione febbraio 2012
Anno 2012 - Ristampa 8 9 10 11 12 13

DIZIONARIO DELLE COSE PERDUTE

A mio fratello Pietro,
troppo presto
nel passato ma sempre
presente in me.

La banana

Noi siamo quelli della banana.

Abbiamo, miracolosamente, e di poco, evitato le fasce, quel sistema ignobile di costrizione che voleva tutti gli infanti trasformati in mummie egizie, ma l'infame banana no, non siamo riusciti a evitarla.

Appena nati, innocenti, incolpevoli, hanno preso i nostri primi e scarsi capelli e li hanno foggiati in modo che, sulla fronte, emergesse un ricciolone enorme e cavo, un vezzo al quale in nessun modo potevamo ribellarci, una specie di grottesco cannolo che sovrastava i nostri occhi, da poco spalancati sul mondo. Non solo ai maschi è stata imposta tale umiliazione, alla quale evidentemente era impossibile opporsi, ma anche alle femmine toccò questa triste sorte – in più, per loro, con l'aggravante di un lezioso fiocchetto, una piccola farfalletta di stoffa a coronamento del tutto.

Poi, non paghi, ci hanno fotografato. Ma non in casa, perché allora quasi nessuno aveva una macchinetta casalinga, non come ora che, con l'ausilio di ignobili telefonini, è tutto un ticchettare continuo che nemmeno i più convinti giapponesi. No, ci facevano uscire, ci esponevano ai pericoli delle città o delle campagne, ai terribili rigori meteorologici, i geli dell'inverno, i caldi tropicali dell'estate, e ci portavano in uno studio fotografico. Là ci immortalavano, sordi ai nostri giusti lamenti. Nudi, distesi in varie pose oscene su pelli di svariati felini, lo sguardo vuoto di infantile e innocente perplessità, se non di autentico e consapevole terrore, là tutti a mostrare dubbie rotondità di glutei e tettine grassocce di cui le femmine, raggiunta appena la pubertà, si sarebbero poi vergognate per i secoli a venire; ma anche noi maschi, con eventuali pisellini in aria, non siamo stati da meno, da sempre timorosi che un qualunque discendente, un figlio, o peggio, un nipote, le scoprisse, quelle foto, e ne facesse materia di ignobile e vile ricatto.

Noi siamo quelli lì. Oh, certo, siamo cresciuti, e abbiamo affrontato, chi più, chi meno, le varie avversità o le gioie (le poche, in verità, gioie) che la vita di volta in volta ci ha presentato. Così oggi, non tanto più sereni ma, diciamo, distaccati, vogliamo voltarci indietro e riguardare con affettuosa rimembranza a tante piccole cose che abbiamo incontrato e che, come tante altre cose andate, più che andarsene ci sono volate via.

Il chewing-gum

Quando gli americani arrivarono in Italia, in tempo di guerra, oltre alle profumate sigarette, portarono un mucchio di altre cose da noi allora sconosciute, o quasi. La Coca-Cola, per fare un esempio, il burro di arachidi, i pancakes (le frittelle di Paperino) e il chewing-gum.

Insieme alle cioccolate (le Hershey) e le multicolori caramelle col buco foggiate a ciambella di salvataggio (le Life Savers), i G.I. statunitensi gettavano ai ragazzini misteriosi pacchettini oblunghi; una volta scartati, questi rivelavano delle tavolettine anch'esse oblunghe e odorose. Caramelle americane? Forse. Ma che fare di quelle strane caramelle? Via lesti in bocca. Però, mastica mastica, quella caramella perdeva sapore e non si scioglieva, e fu quindi rapidamente inghiottita.

Avevamo fatto conoscenza con la gomma da masticare.

Pare che l'uso di masticare qualcosa sia antico come il mondo, anche se non parlerò dei Neanderthal (sembra masticassero pure loro curiose resine. Ecco perché poi sono stati sopraffatti dai Cro-Magnon).

Gli antichi greci masticavano non so quale altra resina (gli antichi romani, per fortuna, non masticavano niente), ma si dice che i primi a ruminare gomma seria (grazie, ce l'avevano!) fossero i Maya, che masticavano abitualmente palline di gomma ricavate da una pianta, la *Manilkara chicle*, e via andavano felici.

I nordamericani avevano provato a masticare qualcosa, tipo la resina dell'abete rosso, e ci furono diversi tentativi con altri strani ingredienti, ma fu solo un certo William Semple a ottenere un brevetto, il 28 dicembre 1869, per palline ottenute con la gomma chicle.

Erano però senza alcun sapore (un po' come fumare le sigarette senza nicotina o bere la birra senza alcol), e la geniale invenzione dovette essere perfezionata, fino a giungere alla varia gamma di gusti e offerte dei nostri giorni, anche se certe gomme da masticare non usano più la gomma chicle ma una sostanza chiamata poli-isobutilene, credo un derivato di idrocarburi: praticamente si mastica petrolio e il solo pensiero dovrebbe spingere a legittima ripugnanza.

Ma bando alle ciance: finita la guerra finito il chewing-gum? No, ovviamente, perché l'ondata masticatoria non accennava a diminuire (soprattutto fra i ragazzi) e uscirono italianissimi prodotti, chiamati ben presto "cingomma", o "cicca", o in altre cento regionali varianti.

Per esempio, ci fu un malluccone rosa, all'inizio di caramelloso gusto e di incerta masticazione, che presto esauriva gli effluvi saporosi. L'astuto ragazzo allora lo tuffava nello zucchero e rimasticava, perché si guardava bene dal gettare via il bolo, ma, al primo (anche al secondo) accenno di male alle ganasce, lo riponeva saggiamente in tasca per ritirarlo fuori a una nuova bisogna e indi ricacciarlo in bocca dopo averlo sommariamente ripulito da briciole e peluzzi vari.

Ma il vero divertimento non era tanto masticare quanto infilarsi pollice e indice in bocca ed estrarne un lungo filo rosato, badando bene che non si spezzasse, rimettere il tutto in bocca e ripetere l'operazione *ad libitum,* in special modo alla presenza di adulti che gridavano naturalmente allo schifo. Dopodiché veniva ficcato di nuovo in tasca e lì, a volte dimenticato, si trasformava presto in reperto archeologico.

Uscirono però quasi subito forme più umane di gomme, alcune delle quali contenenti la figurina di un famoso ciclista o di un noto calciatore, il che aumentava la preziosità dell'acquisto.

Ma il vero colpo fu l'invenzione della bubble-gum (credo, questa, americana), la gomma che faceva i palloni. Tu masticavi masticavi e poi, saggiata fra lingua e denti la giusta consistenza, soffiavi tenue fino a ottenere la fuoriuscita, fra le labbra, di un palloncino che i più abili riuscivano a foggiare di notevoli dimensioni. Scoppiava anche con un caratteristico e sonoro *ciac*, che, ripetuto più volte, era utilissimo a far girare le scatole a un vicino adulto (e a far partire pure uno schiaffo). Unico svantaggio, il palloncino poteva esplodere sulla faccia rendendo oltremodo difficile il nettarla dai filamenti gommosi. Ma da bambini non sono cose che preoccupano.

Questi giochi sono misteriosamente scomparsi da adolescenti. Solo, a volte, vicino alla ragazzina che ti piaceva, potevi estrarre un pacchettino rettangolare colmo di pasticchette bianche e dire, nonscialante: «Vuoi una *chiclets*?».

La siringa

Nel dopoguerra arrivò anche da noi, venduta in farmacia, la penicillina. Non si doveva più cercarla da malavitosi contrabbandieri come nel film del 1949 di Carol Reed *Il terzo uomo* (*The Third Man*, da un racconto di Graham Greene, con Joseph Cotten, Orson Welles, Alida Valli e Trevor Howard), ambientato in una cupa e misteriosa Vienna occupata dalle truppe alleate. La portentosa scoperta di Alexander Fleming (premio Nobel nel 1945) recò alla portata di tutti l'antibiotico battericida come rivoluzionario metodo di cura.

La magica medicina era allora contenuta sotto forma di polvere in boccettine di vetro, con tappo di gomma protetto da un coperchio di stagnola. Si levava la protezione e si infilava l'ago di una siringa attraverso la gomma per iniettare una dose di acqua distillata. Si agitava, si aspirava e la portentosa cura era pronta.

La penicillina (o meglio, i suoi cento perfezionati antibiotici) c'è ancora. Sono le siringhe di quel tempo che, per fortuna, non ci sono più.

Erano di vetro, grosse, e l'ago era di ferro, credo. Dovevano, prima di ogni uso, essere sterilizzate: messe dentro un'apposita scatoletta di alluminio, venivano fatte bollire ed erano così idonee per l'utilizzo.

Adesso ci sono le siringhe monouso: le scarti ed eccole pronte, senza farle bollire. E ci sono gli aghi indolori, probabilmente dell'acciaio più fino, cesellati a mano da raffinati artigiani orafi. Vedi, nella pubblicità, una vispa frugoletta che si volta felice e mormora: "Già fatto?".

Allora, invece, uno se ne accorgeva, se l'iniezione era fatta o meno. Era in genere una cosa dolorosa, ammettiamolo, e quando c'era da sopportare la puntura anche i più coraggiosi e virili fra noi bambini temevano il momento fatidico.

All'interno del nucleo familiare difficilmente si trovava una persona atta alla bisogna. Anche perché c'era il terribile rischio che l'iniezione, fatta da mano maldestra, andasse in suppurazione (veramente dicevano "superazione", e proprio l'oscurità del termine rendeva il tutto più temibile). Si ricorreva a una conoscente, a una vicina di casa "che sapeva fare le punture". La donna arrivava, metteva a bollire la famigerata scatoletta, conversava bellamente con tua madre mentre tu, nervosissimo, attendevi il compiersi dell'opera. Ecco, tutto era pronto. «Culo, arrenditi!», ebbe il coraggio di dire una siringatrice. Tu, rassegnato, ti mettevi carponi, venivi sfregato con alcol denaturato, poi il foro (il "forotto", si diceva), ahia, sfregato di nuovo a lungo e via, libero e spensierato, anche quella volta era passata.

La scoperta della penicillina è stata una gran cosa, ma anche quella dell'ago indolore non è stata da meno.

I cantastorie di piazza

Ora i cantastorie non esistono più. Sono scesi in piazza, le ultime volte, alla fine degli anni Sessanta, ma già defunzionalizzati, solo un'ombra di quello che erano.

Non vendevano più i "fogli volanti", i "fatti", come li chiamavano loro: storie trucide in rima, colme di delitti efferati, ed episodi di cronaca vera o inventata. La televisione, più che la radio, li aveva uccisi, e un pubblico ormai smaliziato (o che si credeva tale) li snobbava. Così si erano ridotti a vendere lamette da barba, lacci da scarpe, piccoli strumenti musicali come armoniche a bocca o ocarine, dischi a 45 giri o musicassette delle loro canzoni. A volte anche qualche "foglio con canzone" andava via, ma non era più come un tempo.

«Una volta» dicevano «eravamo noi a portare le

notizie: non c'era la televisione e la radio ce l'avevano in pochi. Eravamo noi a girare le piazze e a raccontare tutto quello che succedeva in Italia e nel mondo.»

Una dichiarazione un po' partigiana, ma in una certa misura vera. Giravano le piazze, sì, i mercati, spesso avversi alle autorità che non li vedevano di buon occhio, ostili in genere agli ambulanti, temendo magari qualche dichiarazione, soprattutto durante il fascismo, non del tutto consona al potere.

Forse qualcuno l'avrà anche fatto, ma la maggioranza stava ben attenta a non turbare in nessun modo qualsivoglia autorità: i cantastorie erano per la legge e l'ordine, e si capisce, farsi togliere il permesso di lavorare voleva dire saltare la piazza e il guadagno che si sarebbe potuto ricavarne. Non erano dei coraggiosi, non erano romantici cantori come qualcuno forse li ha immaginati senza conoscerli veramente, erano seri professionisti ben consci del loro lavoro.

Arrivavano, anche da soli ma più spesso in due, il cantastorie vero e proprio e la spalla; a volte erano gruppetti di famiglia. Mettevano il banchetto con la loro roba (o addirittura un piccolo palco) e cominciavano a fare "treppo", cioè a cercare di radunare gente attorno, suonando un qualche strumento che permettesse anche di cantare, la fisarmonica o la chitarra, il sassofono o il clarinetto, l'ocarina o l'armonica a bocca, accompagnando a volte quest'ultima con due cucchiai battuti l'uno contro l'altro a mo' di nacchere. Raramente avevano anche una piccola batteria.

Attirata la gente iniziava "l'imbonimento", un piccolo spettacolo fatto di musica e parole per invitare il pubblico a stare ad ascoltarli, fino al momento, calcolato con grande sensibilità, della "rottura", l'offerta della merce da comperare.

Si vestivano anche in maniera curiosa. Il bolognese Marino Piazza (Piazza Marino, poeta contadino) e la sua spalla (Vincenzo Magnifico detto Bobi, un ex acrobata diventato clown dopo una rovinosa caduta, poi cantastorie) indossavano gilet colorati e la bombetta, che Piazza faceva oscillare abilmente avanti e indietro corrugando la fronte; Giovanni Parenti, da Pavullo, Modena, detto anche Padella, aveva un cappello a cilindro su cui aveva cucito uno stemma dell'aviazione americana, un tredici con le ali: era "l'uomo del tredici". Ma ce n'erano tanti altri, ricordo soprattutto, al lavoro, il bolognese Tonino Scandellari, il romagnolo Lorenzo De Antiquis, i toscani del gruppo Bargagli.

Quando si era radunata abbastanza gente, dicevo, i cantastorie cominciavano a imbonire, cioè a fare in modo, a chiacchiere, che la gente comperasse la merce che vendevano o i fogli volanti. Prendevano un fatto e lo cantavano, fermandosi a spiegare, a commentare, cercando di commuovere, giocando sull'elemento emotivo. Le musiche erano due o tre, sempre le stesse, in modo che fosse facile, per chi acquistava il foglio, ricantare il fatto una volta tornato a casa. Di solito era in quartine di decasillabi, non sempre regolari:

Franceschini Otello partiva
per il Belgio a lavorare in miniera
e a sua moglie così ci diceva:
"Abbi cura del nostro figliol".

Poi c'erano strofe di versi irregolari come *L'aria di Caserio*:

Il sedici di agosto
sul far della mattina
il boia avea disposto
l'orrenda ghigliottina
mentre Caserio dormiva ancor
senza pensare al suo triste orror

e un paio di motivetti per le "parodie", canzoncine a tema ironico o satirico. Nella zona bolognese c'erano le "zirudelle", componimenti umoristici dialettali in quartine di ottonari a rima baciata: Piazza, per esempio, con la scusa di una ragazza scomparsa (ma lo era poi veramente?), nominava in dialetto quasi tutti i paesini della provincia di Bologna.

Questi fatti rimanevano nella memoria popolare come se fossero dei canti della tradizione orale, e venivano cantati anche anni dopo che l'avvenimento, vero o falso che fosse, era stato raccontato, mentre il ruolo avuto dai cantastorie veniva del tutto dimenticato.

Ma erano veri o falsi? Spesso i fatti erano tragedie pubbliche, terremoti, inondazioni, naufragi, ma soprattutto delitti. I cantastorie erano abilissimi a cogliere le motivazioni del sentimento popolare, a toccare le corde della commozione (ma non fanno così anche certe trasmissioni televisive?).

Dato un tema, poi, veniva sfruttato in numerose varianti. Nel dopoguerra, per esempio, nasce la saga del prigioniero che, creduto morto, riappare a casa. Fatto accaduto realmente, numerose volte. Ma si innesta un elemento nuovo: la giovane moglie ha un amante, e questi dice alla donna di sbarazzarsi del figlioletto (o figlioletta), se vuole continuare la relazione. Il delitto però non riesce per intervento soprannaturale di una catenina (donata dal padre al pargolo alla partenza per la guerra) con l'immagine di un santo miracoloso. Variante: l'intervento del fido cane che salva il bambino (o bambina) dalle acque di un fiume (o lago) dove è stato buttato ("gettata nel fiume Po dalla crudele madre"), o lo ritrova, quasi morente di fame e sete, in una capanna dove è stato abbandonato. Altra variante: finito il filone del prigioniero, compare l'emigrante che deve andare all'estero per lavorare; rimangono la sposa infedele e l'intervento miracoloso. Finale con giusta e repentina punizione per i colpevoli.

Una variante clamorosa del tradimento con soppressione della prole, questa volta riuscita, viene presentata nel fatto *La barbara ostessa* (del cantastorie Giuseppe Bracali), così riassunto nel sommario esplicativo del foglio volante:

"Un'indegna madre, per contrarre un nuovo matrimonio, commette uno dei più orrendi delitti umani. Fa a pezzi la propria bambina per disfarsene. Cucina poi le tenere carni di questa, e le serve con indifferenza e cinismo ai propri clienti. Ma un uomo, mangiando, si accorge del macabro misfatto e dà l'allarme."

Se i cannibali sono feroci
una donna li può somigliare
e una madre li può superare
per l'infamia del barbaro cuor.

Anche costei, rimasta vedova, ha un giovane amante, ma l'uomo (come nella tradizione dei giovani amanti) si rifiuta di proseguire la relazione se la donna non elimina la figlioletta. Detto, fatto: la madre uccide la bambina e, per nascondere il crimine (il "misfatto", si dirà), la cucina come spezzatino e la serve ai clienti.

Tutti dicono: "È buono davvero
ne vogliamo un'altra porzione",
quando nella sala si leva una voce:
"Cara ostessa, venite un po' qua
io un piccolo dito ho trovato..."

Conclusione: intervento della forza pubblica e giusta punizione.

Insomma, falsi o veri? Alla mia domanda Marino Piazza rispose: «Sa com'è, caro Guccini, purtroppo quei bei delitti non c'erano sempre...». Bisognava pur vivere.

E per vivere i cantastorie andavano in tutti i mercati. Piazza, ultimamente, aveva un'automobile, ma per un periodo ha girato in moto e poi in sidecar, lui e la sua spalla in sella e gli strumenti, i fogli e tutto il resto nel carriolino. Mi raccontava un collega di Piazza (Boldrini, famiglia di cantastorie della Cavazzona di Castelfranco Emilia, Modena) che una mattina avevano già fatto tre treppi. «Io ero stanco morto» mi diceva, «l'ultima piazza l'avevamo fatta in Romagna. C'eravamo fermati a mangiare e Marino mi fa: "Sbrigati, Boldrini, così facciamo in tempo a fare anche Ancona, che c'è un mercato". Allora non c'era mica l'autostrada, eravamo in giro dalle cinque della mattina. Dico: "Sì, Marino, ma voglio guidare io!". "Sì sì, guida pure tu, basta che andiamo ad Ancona!" Finiamo di mangiare e partiamo. A un certo punto Marino mi urla: "Ma cosa fai, Boldrini, Ancona è da quell'altra parte, dove vai?". E io: "*A vag a murir int al me lèt*", vado a morire nel mio letto.»

Negli anni Cinquanta i cantastorie ormai erano in decadenza, non c'erano più giovani a fare il mestiere e la televisione stava conquistando l'Italia. Cominciarono allora a vendere fogli con le canzoni lanciate dalla radio o dalla tv, i "canzonieri". Quando cominciò "Sanremo", Piazza mi diceva che comperava i dischi delle canzoni presentate al Festival. «Li ascoltavo per due o tre giorni; dopo, le canzoni che mi erano rimaste in mente erano di sicuro quelle che la gente avrebbe voluto e le facevo stampare.» La casa editrice era la Campi, di Foligno. Il foglio, con i testi delle canzoni e le foto di dive castamente scollacciate e di cantanti italiani famosi, si chiamava "Sorrisi e canzoni". Vi ricorda niente? È da lì che è nato il celebre settimanale.

Certi imbonimenti dei cantastorie sono diventati proverbiali e studiati persino all'università. Famoso quello di Adriano Callegari, di Pavia (suonava il sassofono), che lavorava ultimamente coi coniugi Angelo e Vincenzina Cavallini (lui suonava la fisarmonica, lei la batteria e ancora la fisarmonica, oltre a cantare).

Iniziavano l'imbonimento presentando un fatto, il caso di Ermanno Lavorini, il bambino ucciso nella pineta di Viareggio nel 1969. «Ma» diceva Callegari «non voglio che poi si dica che speculiamo su questa tragedia che ha commosso tante persone, non venderemo niente, lo facciamo solo per ricordare quel povero bambino.» Partivano gli strumenti, poi cominciava la canzone, ma, alla fine della prima strofa, Callegari interrompeva l'esecuzione con un gesto plateale. «Basta, ho visto tante mamme e tanti papà piangere, anch'io che sono padre (non era vero) so cosa vuol dire; basta, non possiamo continuare.» La verità è che la canzone non esisteva, esisteva soltanto la prima strofa, ma intanto la gente si era intenerita e ben disposta verso la sensibilità dei cantastorie.

Altro trucco dell'imbonimento: a un certo punto Callegari si fermava e guardando in mezzo al pubblico diceva: «No, signore (o signora), ho sentito quello che ha detto al suo bambino: "Vieni, andiamo via che questi sono dei ladri, degli imbroglioni". No, è inutile che neghi, ho sentito benissimo, ma voglio dirle che noi non siamo né ladri né imbroglioni, siamo poveri e onesti lavoratori che cercano di guadagnarsi da vivere onestamente» eccetera eccetera. Ma poiché buona parte della gente aveva effettivamente pensato che fossero ladri o imbroglioni, lui era riuscito a ribaltare la frittata e a instillare nel pubblico il senso di colpa. Tant'è vero che, invitato alla Televisione della Svizzera Italiana, Callegari esordì dicendo: «Prima di cominciare vorrei dire una cosa: mentre eravamo fuori a scaricare gli strumenti, è passato un signore che ha detto al figlio: "Vieni via che questi sono dei ladri, degli imbroglioni". Vorrei dire a tutti che non siamo né ladri né imbroglioni, siamo poveri e onesti lavoratori» eccetera eccetera.

Nell'ultimo periodo il gruppo Callegari-Cavallini vendeva una scatola di plastica trasparente, chiamata "cofanetto", che recava sul dorso un medaglione con l'effigie in rilievo di papa Giovanni XXIII, fosforescente («Così lo potete mettere sul comodino e lo vedete anche di notte!»). Dentro c'erano una catenina in similoro (ma quanti giri di parole per non dire "similoro") con immaginetta sacra e un batuffolo di cotone imbevuto (così dicevano) nell'acqua di Lourdes. In più un libretto con le canzoni di Luciano Tajoli (fedelissimo, sostenevano, della Madonna di Lourdes, per la sua "disgrazia": era stato colpito dalla poliomielite). Il tutto per mille lire. «Ma vi devo avvertire. Se viene qui uno di malavita, un rovinafamiglie, uno sempre all'osteria o peggio, e mi dà anche diecimila lire, gli dico no, mi dispiace, ma questo cofanetto lo do solo alle persone oneste, e per sole mille lire.»

Callegari mostrava anche una scatola contenente, diceva, dei topi ammaestrati, e la posava a terra: in questo modo le prime file del pubblico si stringevano e le seconde si facevano avanti attorno al palco.

Così era un po' il cantastorie, l'imbonitore, sempre con nuove invenzioni, anticipatore dei tanti venditori televisivi, in una piazza che oggi non è più una piazza, ma solo un agglomerato di baracche e chioschi di mercati tutti uguali, dovunque si vada.

C'è una parola, credo bolognese, per indicare un parolaio, un venditore di fumo: *cioccapiatti*. Penso si riferisca a quei venditori che in piazza vendevano piatti imbonendo e sbattendoli l'uno contro l'altro, per far vedere che erano robusti, che non si rompevano facilmente.

I cantastorie un po' cioccapiatti lo erano, ma soprattutto erano "poveri e onesti lavoratori". Soprattutto erano ingenui e raffinati professionisti.

Il Flit

Quando si nomina il Flit quasi tutti (quelli di una certa età) rimangono un attimo perplessi, poi sorridono e con le mani si accingono a pistonare un'immaginaria pompetta dicendo: «Ma sì, il Flit. Ma cos'era, un insetticida?».

Pensavo fosse italiano, un autarchico prodotto dell'Italia fascista ai tempi delle sanzioni, pre-DDT, ma anche qui una sorpresa: il Flit – come tante cose che hanno fatto e fanno parte della nostra vita – viene dagli Stati Uniti. È stato lanciato come insetticida per mosche e zanzare: era un olio minerale (così mi si dice) prodotto dalla Standard Oil Company, New Jersey, USA.

Veniva fornito con l'apposita pompetta: questa, un tubo di metallo lungo una ventina di centimetri, terminava con una manopola di legno che muoveva uno stantuffo situato all'interno. Tirando indietro la manopola, lo stantuffo aspirava l'aria e, spingendola, questa veniva soffiata con forza sui vapori che fuoriuscivano da un apposito contenitore del liquido posto all'estremità. Alla base del tubo un foro serviva per lubrificare il meccanismo.

Il nome Flit sarebbe un acronimo di *Fly-Tox*, tossico per mosche, ma in inglese va unito al significato del verbo *to flit*, cioè "andare, scivolare via velocemente".

Tutti, ma proprio tutti, piuttosto, conoscono il motivetto "Ammazza la vecchia, col Flit", al quale si aggiunge "e se non muore, col gas". Italiano, questo? Forse sì, ma solo in parte, perché in certi dialetti emiliani per "vecchia" ha da intendersi non un'anziana signora, ma lo scarafaggio (*vècia*); però la canzoncina ha diffusione extraemiliana. Questo per il testo. La musica ha invece (ancora!) radici USA, con un testo che recitava: "*Shave and a haircut, two bits*" (sarebbe come dire: "Barba e capelli, due soldi"), di origini sconosciute.

Un uso curioso del Flit mi è stato raccontato da anziani frequentatori delle case chiuse. Ogni tanto la maîtresse cercava di convincere gli avventori che al posto di, diciamo, consumare, se ne stavano bellamente seduti a "far flanella", cioè oziavano nella, non so come chiamarla, sala d'aspetto. La signora prendeva la pompetta e irrorava gli oziosi gridando, spudorata: «Ragazzi, in camera!».

Il Flit comparve negli USA nel 1923. Qualche anno dopo arrivò il DDT (diclorodifeniltricloroetano). Sbarcato in Italia con le truppe americane, era specifico contro la zanzara anofele, che ancora infestava certe regioni.

Fu spruzzato a piene mani, anche contro le normali zanzare. Poi si scoprì che era dannoso per la salute.

La maglia di lana

Quanti, nella vita, hanno indossato le maglie di lana? Se non sei di quelli che hanno il fisico bestiale, un uomo che non deve chiedere mai e che porta anche in pieno inverno camicie sottili come un velo d'uovo aperte fino all'ombelico, se non sei un SEAL o un sergente dei marines provato da mille sbarchi, certo, le hai indossate. Molti, anche se di nascosto, le hanno indossate.

Ma io qui non parlo delle maglie industriali fatte di lana morbida, carezzevole, impalpabile, che ti avvolge come seta e dà conforto e calore, io parlo (e al ricordo rabbrividisco) delle tragiche maglie di lana fatte in casa.

Eppure erano mani di solerti avole o di madri amorose quelle che, impugnati i ferri da calza e una matassa di lana di pecora, cominciavano alacremente a sferruzzare pensando, con affetto, "quest'inverno il mio bambino non patirà il freddo, e la maglia di lana che gli sto confezionando, come un usbergo lo proteggerà dai rigori del gelo e gli risparmierà raffreddori e ben più gravi, Dio non voglia, malanni", e giù un altro giro di maglia.

E la COSA era prestamente confezionata, il supplizio era allestito e pronto.

Perché di supplizio si trattava, di penitenziale cilicio che eravamo costretti a portare, ignari e inconsapevoli di eventuali voti religiosi atti a lavarci l'anima da peccati che non avevamo commesso.

La maglia di lana casalinga "bucava", dicevamo, ma quel verbo era solo leggera metafora della sofferenza generale che ci era imposta, perché non solo bucava, ma anche cagionava prurito, pungeva, scorticava. Giorno e notte, notte e giorno. Passavi il tuo tempo a tentare di staccarla dalla pelle, a schiacciarcela contro, a grattarti.

Questo, almeno per una settimana circa. Dopo, finalmente domata, resa più docile, la si indossava come una qualsivoglia T-shirt di sottile cotone, e i disagi venivano subitamente dimenticati.

Non sapevamo di altre possibilità, era una delle mille avversità che la vita ci presentava e ci avrebbe, da lì in avanti, sempre presentato, era qualcosa scritto nelle misteriose spire del cosmo, era così, insomma, e basta. Fortuna è che, allora, non ci si cambiava tanto spesso, e i periodi di martirio non erano moltissimi durante un inverno.

Vidi, secoli fa, un contadino delle mie parti portare una maglia di lana (solo quella, niente camicia) in pieno agosto, mentre, sotto il sole, stava lavorando, e grondava sudore da tutte le parti. Dissi: «Ma non ha caldo?». Rispose, non so se a ragione o per frutto di atavica, fallace convinzione: «Quello che tiene il freddo tiene anche il caldo».

Dall'odore, penso fosse la stessa maglia indossata i primi di novembre.

Chi ha portato le maglie di lana casalinghe ricorderà anche, con un sussulto d'angoscia, i costumi da bagno di lana, fatti sempre a mano.

D'estate, chi aveva un fiume o un lago vicino (a volte anche il mare) andava a bagnarsi. Nel migliore dei casi, andava a nuotare.

Ma era lontana da ogni immaginazione l'idea di comperare un acconcio costume da bagno. Poi, dove diavolo era un negozio che vendeva costumi da bagno? Così come, spesso, le mutande di noi ragazzi erano approntate in casa utilizzando la stoffa di vecchie camicie, ugualmente, alle nostre stravaganti richieste ("Un costume da bagno? Per che cosa?"), qualcuna in casa provvedeva a sferruzzartene uno. Di lana. Massima concessione, l'uso di lana colorata.

Retto da un elastico, non era tutto sommato neanche brutto a vedersi. Bastava non bagnarlo.

È che un costume da bagno tende inevitabilmente a essere, prima o poi, bagnato. Allora accadeva l'irreparabile. La lana si gonfiava, si accasciava su se stessa, ci mollava da tutte le parti, e finiva per mostrare orrendamente quello che il costume e la pudicizia avrebbero dovuto tenere nascosto.

Per fortuna, dopo un paio d'anni, anche nei più riposti angoli d'Italia si trovarono in vendita regolari costumi da bagno di cotone.

Le targhe

In certi negozi, dopo la guerra, si trovavano inchiodate al bancone delle targhette metalliche. Una di queste diceva: *La persona civile non sputa in terra e non bestemmia.*

Ma che gente c'era?

Il carbone

L'estate, oltre a tante altre belle cose, è purtroppo il tragico periodo delle grigliate. Di solito al sabato sera o alla domenica a mezzogiorno, nei boschi o sulle spiaggette dei laghi, sui terrazzi o nei cortili di casa, si innalzano fumi minacciosi quasi a ricordare l'immortale verso del grande (si fa per dire) poeta bolognese Claudio Achillini: "Sudate, o fochi, a preparar metalli...", anche se non metalli ma fette di carne dal dubbio aspetto, sfrigolanti salsicce e misteriose porzioni di gallinacei vengono messe sulle graticole e, dopo aver ammorbato l'aria intorno, sono servite dal grigliatore di turno (che passa, nell'aspetto, dal felice speranzoso al molto serio preoccupato) ai poveri partecipanti al rito, in parte semicrude e in parte carbonizzate.

È che cuocere alla griglia è un'arte, e non si improvvisa. Gli argentini sarebbero bravi grigliatori, ma non tutti, ovviamente, c'è sempre quello specializzato, il "vero grigliatore" (l'*asador*, in lingua gaucha), che possiede anche una sua personalissima ricetta di una salsa, il chimichurri (spero si scriva così), per insaporire la carne, che però, mi assicurano, è tanto buona che è quasi un peccato condirla.

Ma gli argentini grigliano da secoli; noi, forse vittime di film western di seconda categoria, ci proviamo da pochi anni. A volte poi, per accendere il fuoco e fare più in fretta (anche accendere un fuoco è un'arte), ho visto usare dell'alcol (a rischio ustioni) o addirittura la Diavolina, col risultato di impregnare qualunque cosa messa sui ferri di quegli ignobili sapori. Una sofferenza in più. State avvertite, genti: se per caso vi invitano a una grigliata e non potete negarvi, portatevi dietro un paio di sani panini alla mortadella e, come si dice a Bologna, "buona lì!".

Per la grigliata, naturalmente, ci vuole il carbone di legna. Ora lo si vende a sacchetti, ma da dove viene?

Una volta il carbone di legna, o carbonella, era usatissimo, non tanto per le grigliate (che non si facevano) ma per la cucina, prima dell'avvento domestico del gas, e si dice che il ragù alla bolognese non sia più lo stesso se non viene cotto con la lentezza tipica del fornello a carbone, che impiegava anche cinque o sei ore a tirarlo come si deve.

A fare il carbone di legna erano i carbonai. Fra gli

altri, carbonai specializzati erano i boscaioli della montagna pistoiese.

Si riunivano in compagnie di circa dieci elementi e si mettevano al servizio delle ditte. Per Santa Maria (15 agosto) si formavano le compagnie; per San Michele (29 settembre), dopo una cena con colossale mangiata e bevuta (sarebbe stata l'ultima per lungo tempo), partivano e tornavano a giugno. Andavano dove c'erano boschi fitti e legna adatta da tagliare: in Maremma, ma anche in Sardegna, in Corsica, a volte fino in Calabria (ma anche in Algeria e in Tunisia).

Mi raccontava un ex carbonaio che, a dieci anni, aveva convinto il padre a fargli saltare la quinta elementare e a seguirlo in Calabria perché aveva sentito dire che in quella terra lontana e sconosciuta "crescevano le melarance sugli alberi e c'era gran quantità di fichi secchi", evidenti leccornie per un bambino montanaro di quegli anni. Domando: «Le hai poi trovate le melarance?». Risposta: «No. Mangiavamo solo polenta, latte e formaggio, che mi era venuta una gran diarrea. Mi disse mio babbo: "Ma tanto ti passa; o muori o ti passa". E m'è passata». Pedagogia di una volta.

Un bambino cosa faceva? Il "Meo", naturalmente. Come ogni "sciolta" o turno di minatori aveva il "Bocia", un ragazzino che serviva soprattutto a portare in galleria acqua da bere, così i carbonai avevano il Meo (mi dicono derivi da san Bartolomeo, protettore dei bambini, ma non ho trovato riscontri) che era addetto alla cucina, in pratica a fare solo la polenta, perché i nostri carbonai si nutrivano per mesi di polenta e formaggio, e bevevano acqua, il famoso "vino di nuvole". Mi sono spesso chiesto, da ragazzino, perché non mancasse mai, nella dieta montanara di quei tempi, il formaggio pecorino sardo. Era probabilmente un alimento importato dai carbonai. Per nostalgia?

La vita era durissima, in quegli otto-nove mesi di continuo lavoro: non solo il cibo era scarso e di discutibile qualità (spesso anche il "formentone" per la polenta, comprato dai padroni delle compagnie, era di seconda se non di terza scelta), ma i carbonai dovevano pure dormire per tutto quel tempo alla macchia, in capanne di frasche e su brande di rami e foglie, le "rapazzole". Dice un'ottava rima, *Il lamento del carbonaio*:

... fabbricano una capanna in suo dimoro
la fabbrican di legno terra e sassi
che assomiglia al ricovero de' tassi

la porta fan di rami e d'altri attrassi
fanno un letto di rami del più fino
bisogna là otto mesi collocassi
e nutrirsi del cibo più meschino
polenta e cacio 'un si doventa grassi
per risparmiar s'en mangia anche pochino
si dorme duro sotto quelle zolle
col capo in terra come le cipolle

Il taglio del bosco e la costruzione della carbonaia richiedevano giorni di lavoro, e altri erano spesi per sorvegliare che la legna si trasformasse in carbone vegetale a combustione lenta: doveva "cuocere", dicevano, non bruciare. La carbonaia era una montagnola conica con un camino centrale e altri cunicoli di sfogo laterali per controllare e regolare il tiraggio dell'aria, coperta da zolle di terra, le "pellicce", che fungevano da isolante. C'erano carbonaie anche di settecento quintali, ma normalmente erano di trenta-quaranta, da cui si ricavavano dai sei agli otto quintali di carbone.

Pronto che era il carbone, si doveva prima farlo raffreddare e poi insaccarlo e portarlo a spalla (rare volte con i muli) al posto di raccolta. Là la discussione verteva sul peso e sulle decurtazioni che i capi applicavano sul prezzo stabilito per ogni sacco:

Un'altra cosa poi ch'io mi rammento
del lavoro che ci hanno consegnato:
levan di tara il quindici per cento
e dopo vi è un rinsacco smisurato.
Quello lo fan secondo il suo talento
non si accontentan di quello che ti han fatto
fra somelle, rinsacco, e fa ribrezzo
credete Dio che ve lo ruban mezzo.

Un'altra decurtazione dalla paga era calcolata su quanto ogni carbonaio doveva, per il vitto consumato (polenta di granoturco e formaggio, come detto), alla compagnia.

Qualcuno di loro si portava alla macchia un *Inferno* della *Divina Commedia* o un Tasso o un Ariosto (ho sentito due ex carbonai discutere sulla validità dell'uno o dell'altro). E qualcuno, che aveva anche capacità di "poesia", come dicevano, ci ha lasciato *Il lamento del carbonaio,* già sopra citato.

L'ottava (di venti strofe di endecasillabi, rimati ABABAB più il distico finale CC; incatenata, cioè il distico CC lascia le rime dei versi dispari della strofa seguente obbligate, si confronti "sassi-tassi" con "attrassi-collocassi-grassi") così iniziava:

> Racconterò la vita strapazzata
> di chi alla macchia va per lavorare
> vita tremenda, vita disperata
> chi non la prova non può immaginare
> credo all'inferno un'anima dannata
> non possa così tanto tribolare
> e non lo provi spasimo e dolore
> come fa il carbonaio e il tagliatore.

Era conosciuta da molti carbonai e, come spesso accade nel canto popolare, risulta d'autore sconosciuto, anche perché parecchi cantori mettevano il loro nome, come autori, nell'ultimo verso.

Così, se permettete questa leggera licenza, con tutto il rispetto per chi il carbonaio lo ha fatto sul serio (e per l'ignoto autore di questo capolavoro di poesia popolare):

Cose che fan rabbrividire l'osso
pensando ai casi di uno sventurato
son tutte vere ed io provar lo posso
perché più volte mi ci son trovato.
A scriver questa compassion m'ha mosso
benché a comporla non ci son portato
pongo la penna e chiudo il calamaro
son Francesco Guccini carbonaro.

Chiudo con una domanda: ma chi lo fa, oggi, il carbone di legna per le infauste grigliate?

Il lattaio e la carta moschicida

Adesso ci sono i cartoni di latte, confezionati da diverse ditte concorrenti, ma prima dei cartoni cosa c'era?

C'erano le bottiglie, da un litro e da mezzo litro, coperte con un tenue tappo di stagnola, vendute e distribuite dalla cittadina Centrale del Latte. Ma prima ancora delle bottiglie cosa c'era?

C'era il lattaio. Nel suo negozio, dove si vendevano anche formaggi, marmellate, caramelle e affini – famose le latterie di Milano, dove si potevano fare pure parche colazioni a poco prezzo –, uno andava con la bottiglia e acquistava il latte, un litro o mezzo litro alla volta. Il lattaio tuffava il misurino in un grande contenitore e versava la quantità desiderata. Alla fine degli anni Cinquanta costava (almeno a Bologna) sessantadue lire al litro; grande la gioia dei ragazzi che andavano volentieri a comprarlo perché, di resto, ricevevano tre *burdigoni* da una lira. Erano caramelle di liquerizia che assomigliavano, appunto, a grossi insetti neri. Ci si accontentava di poco.

Ma c'era anche il lattaio che caricava un grande bidone sulla bicicletta (mi sono sempre chiesto come fosse possibile, ma una volta ci si guadagnava la vita duramente) e faceva il giro dei clienti. Al suono del suo campanello si scendeva in strada, armati di pentolino, e lui, col misurino, accontentava le richieste. Inevitabili le facezie delle *resdore* (in italiano "massaie") su quanto il lattaio avesse annacquato il prodotto.

Non credo fosse latte pastorizzato o parzialmente scremato o a lunga conservazione, perché bisognava rigorosamente bollirlo, e, annacquato o meno, si formava sempre sulla superficie, a fine bollitura, un discreto strato di panna. Da raccogliere con un cucchiaio e mangiare subito dopo una leggera spolverata di zucchero.

Chi ricorda la bollitura del latte non potrà dimenticare anche quanto questo fosse infido, perché tu lo guardavi, guardavi, e non bolliva mai, e poi, se ti distraevi solo un istante, "andava di sopra" e riempiva la cucina del pessimo odore di latte bruciato.

A proposito di latte, chiunque abbia abitato in campagna ricorderà quando si mungevano le mucche.

Il bianco piano del secchio di latte nereggiava di mosche che, avide e incoscienti, vi precipitavano e affogavano, vittime della loro gola. Non ci impressionavamo più di tanto, le mosche erano cosa di natura, come la pioggia o il sole: le scostavamo con la mano e bevevamo il latte a lunghi sorsi.

Era più scomodo in casa. Le mosche imperversavano in branchi compatti, soprattutto in certe stagioni, quando fuori cominciava a fare freddo e le case conservavano un poco il tepore dei riscaldamenti invernali, anche se scarsi, o il calore dell'estate appena passata.

Le mosche non ti lasciavano vivere. Basta una a dare infinita noia, ma erano centinaia, si posavano su ogni cosa, sulle vivande sparse in tavola, sulle mani, sul viso, le scacciavi e tornavano imperterrite a ronzarti attorno. Una condanna.

Non bastava il DDT, né certe spatolette che, usate da abili mani, le inchiodavano là dove si posavano. Una, due, cinque, ma le altre? E poi che schifo, sulla tavola, mentre mangiavi. Va be' che all'epoca si era meno schizzinosi di adesso, ma insomma.

C'era allora la carta moschicida. Contenuta in un cilindretto di un paio di centimetri, la srotolavi e scendeva a spirale da dove la fissavi, di solito al lampadarietto che pendeva sul tavolo. Era carta gommosa, viscida e appiccicosa di una sostanza che attirava l'odiato insetto dei Ditteri che, svolazzando qua e là, era attratto dall'odore di quella misteriosa sostanza e vi rimaneva inchiodato, finendo, appena ronzando in un inutile e frenetico sbattere di alucce, la sua breve e noiosa vita.

Prima una vittima, poi cinque, poi cento; perché la carta non veniva sostituita subito, ma si lasciava là, appesa fino alla fine, fino a compiere tutta la sua missione di giustiziere.

Faceva un po' ribrezzo, lo ammetto, quella striscia brulicante di piccoli cadaveri neri, ma che liberazione, che gioia! Una volta esaurito il suo mortifero scopo, la striscia veniva staccata, gettata in qualche modo (nel *rusco* o nel camino o nella stufa) e sostituita con una sorella ancora vergine, fino al giungere di un salutare inverno quasi privo di mosche.

Provare per credere. Perché so per certo che la carta moschicida esiste ancora, è economica, ecologica e funzionale. Basta saperla trovare.

I giochi

Ma siamo sicuri che le Playstation o i vari giochi elettronici manovrati con stupefacente abilità dai bambini contemporanei siano superiori ai giochi che praticavano i ragazzi di una volta, giochi, ahimè, scomparsi e lasciati in un passato non tanto, poi, così remoto?

Mi hanno regalato, qualche tempo fa, dietro mia richiesta (vi immaginate?! Dietro MIA richiesta!), un aggeggio complicato e, credo, costosissimo; in un momento di follia o megalomania credevo di poterlo domare, in qualche modo, e adoperarlo tranquillamente traendone rilassamento e diletto.

Già i primi dubbi sono arrivati nel collegare lo stesso aggeggio al televisore. «Basta inserire il cavo A nella presa B» andava dicendo il garrulo dimostratore, «e muovere il tasto F nella BRUFF, hai presente la BRUFF, no?, fino a far accendere la spia R, eccola accesa», e già sentivi dentro di te l'impossibilità non solo di giocare, ma di vedere mai montato tutto l'accrocco. Che fu però montato, e si incominciò a giocare. Credo fosse la battaglia di Stalingrado, o battaglia equipollente. Belli i colori, il suono, tutto, bella l'azione, le figure: era come entrare da protagonista in un film, e il mio eroe (o meglio il SUO eroe, quello del garrulo dimostratore che lo muoveva) avanzava impavido sparando, uccidendo nemici, insomma era una cosa divertente.

Ma quando fu il mio turno, be', allora, con una mano devo muovere questo tasto, con l'altra quest'altro, e con l'altra mano ancora il tasto per sparare – un momento, io ho solo DUE mani –, e finì che il MIO eroe (quella volta era proprio il mio) fu ucciso almeno dieci volte da non so quale cecchino nei primi due minuti e il gioco fu staccato (com'è più facile smontare che montare), riposto e per sempre del tutto dimenticato.

Problema di sicuro generazionale. Ma anche noi, da ragazzi, giocavamo, e non smettevamo mai: senza elettricità e con niente inventavamo strumenti ludici, e ogni tanto mi prende un desiderio strano, la voglia di radunare qualche coetaneo e, in segreto, di nascosto, da qualche parte, rifare almeno uno dei vecchi giochi che, senza bisogno di attaccare una spina, resero felice la nostra infanzia.

Naturalmente non parlerò di tutti i giochi di allora, che erano centinaia, tipo palla avvelenata, palla prigioniera o i quattro cantoni, un due tre fante cavallo e re (detto anche "un due tre stella"), nascondino o l'ambiguo ed eccitante gioco del dottore, né delle frasi di rito, delle ferree regole che li governavano, comprese le "conte", di origine misteriosa e lontana nel tempo, che ogni generazione di ragazzini trasmetteva alla successiva (basterà citare questa, modenese, degli anni Quaranta, di sapore vagamente francese: "*Am be tre, calamit e rè, la betis anfan, la meren gutan, la betise bona man. Martan*"). Non parlerò nemmeno dei giochi femminili, come la settimana, detta anche "luna", o cose tipo "oh quante belle figlie, Madama Dorè" o "passa e ripassa la bella pecorina quando cammina la fa bee bee", guardati allora con sospetto e disprezzo da maschio e adesso tralasciati per mia ignoranza delle regole. Questi di seguito, invece, sono in piccola parte i giochi virili che una volta andavano per la maggiore.

Il chioccaballe

Ovviamente questo è un nome locale, perché la fantasia infantile ha dato mille nomi ai giochi e agli strumenti ludici. A Bologna, per esempio, veniva chiamato *s'ciupatt*, "schioppetto".

Richiedeva una certa abilità nel fabbricarlo, e non tutti ne erano capaci. Si prendeva un ramo dritto di sambuco (va da sé che era possibile farlo solo là dove fiorivano, i sambuchi), di un dieci-dodici centimetri di lunghezza per due centimetri circa di spessore. Con apposito attrezzo puntuto si eliminava quindi tutto il midollo, che nel sambuco è tenero e facilmente perforabile. Si otteneva così una specie di cerbottana con l'anima del diametro poco più grande di una sigaretta. Si masticava poi della stoppa fino a ottenere una pallina, che veniva introdotta nella canna e spinta a una delle estremità con un bastoncino, uno stantuffo di solito di castagno stagionato, lungo un po' meno della cerbottana (i più raffinati facevano anche l'impugnatura, al bastoncino). Si masticava indi dell'altra stoppa e si inseriva nella seconda estremità. Spingendo con forza il bastoncino, spesso tenendo il chioccaballe con due mani e premendolo contro la pancia, con un colpo secco, per effetto dell'aria compressa, la prima pallina partiva a mo' di proiettile producendo anche un simpatico schiocco, quasi fosse il rumore (in piccolo!) di un fucile, facendo anche uno sbuffo di vapore acqueo che sembrava fumo, e la seconda pallina rimaneva a chiudere, diciamo, la bocca di fuoco, pronta per un'altra volta e all'introduzione di una nuova pallina.

Mio padre, che era un perfezionista, invece della stoppa (faceva un po' senso masticarla) mi aveva confezionato un piccolo numero di tappini di sughero, perfetti come dimensioni (come calibro?) e oliati per facilitarne l'uso. Il fatto è che la pallina (o il tappino) sparata raramente si ritrovava. Alla mia domanda di fabbricarmi altri tappini, mio padre brontolò qualcosa come "la gioventù moderna dove ha la testa, non è mai contenta, io ai miei tempi..." e "cercati i tuoi tappini che io insomma ho altro da fare". Dovetti tornare a masticare la canapa per sparacchiare in giro con il mio chioccaballe.

I coperchini

Anche qui il nome è locale. Sono i tappi a corona delle bibite, detti anche *tappini* o *tollini* a Milano, *grette* a Genova, fino a un misterioso *sinàlcol* a Parma, ma chissà in quanti altri modi li avranno chiamati i ragazzi italiani.

Li reclutavamo a scatoloni, rompendo le tasche a chiunque vendesse bibite, frugando addirittura nel *rusco* (o pattume che dir si voglia). In mancanza dolorosa ma evidente di veri soldatini, in possesso solo a ragazzi ricchissimi che ne erano estremamente gelosi, i coperchini furono il loro surrogato per molti di noi.

I più comuni costituivano la fanteria, la plebe, il grosso della truppa (quelli, comunissimi, della bolognese birra Ronzani), mentre i più rari, colorati o variegati in modo particolare, erano i principi, i *conducator*, i generalissimi. Tra questi, ricordo bene un Recoaro coi colori dell'iride e un Pack Soda, se non sbaglio recante una volpe in campo verde, che tappava la bottiglietta di una misteriosa essenza.

Mi scatenavo in battaglie campali, soprattutto fra i filari di fagioli (era, la terra dei filari di fagioli, estremamente malleabile, atta a scavare trincee, ridotte o a innalzare castelli medievali presi d'assalto), mentre i sacchi di grano ammucchiati l'uno sull'altro nel mulino dei nonni si trasformavano in Rocky Mountains o Black Hills pronte a ospitare ostili indiani Apache (pronunciati allora così come scritto, divenuti poi *Apasc* e infine, a dimostrare vasta conoscenza di lingua yankee, *Apaci*), e intanto, sul pavimento di tavole di legno, ignare carovane di cowboy portavano mandrie a Laredo o andavano a civilizzare l'Ovest Selvaggio.

Ma il trionfo del coperchino era il Giro d'Italia. Lì ne bastava uno solo, e ne veniva scelto uno qualunque, ma abilmente trasformato. Perché doveva essere appesantito, in modo che, colpito con un possente "cricco" (altrimenti non so definire il colpo dato dal dito medio trattenuto dal pollice e poi improvvisamente liberato a dispiegare tutta la sua forza), non volasse per aria ma corresse veloce sul marciapiedi sul quale doveva gareggiare.

Bastava (questo i più rozzi) una buccia d'arancia ben sagomata, ma i veri raffinati disdegnavano questi volgari metodi. Si prendeva allora una candela accesa e si colava la cera fin quasi alla sommità del coperchino, poi vi si adagiava una figurina ritagliata recante l'effigie del corridore preferito (nel mio caso, va da sé, Coppi; ma per altri

Bartali, o Magni, o, gli esterofili, Bobet, o Koblet). Di poi si versava l'ultimo leggero strato di cera, così che si potesse intravedere la figurina del ciclista prescelto.

Le tappe del Giro si svolgevano sui marciapiedi delle case nelle quali abitavamo, si intenda marciapiedi dell'immediato dopoguerra, pieni di buche, sconnessi in più punti – il che rendeva tutto più divertente. Il marciapiedi della casa di Marco era di sicuro il più interessante perché aveva, ai due ingressi opposti, quattro gradini semicircolari che fungevano come Gran Premi della Montagna. Quando il coperchino usciva dal marciapiedi, "forava", e si doveva tornare da dove si era partiti.

Ci si passavano allegramente le giornate. Unico inconveniente, la strana ostilità dei genitori che, adducendo come scusa le pietose condizioni in cui ci si riduceva (non si dimentichi che indossavamo braghe corte e che per sparare il cricco bisognava inginocchiarsi per terra col braccio sinistro appoggiato al suolo e quello destro strisciato sul marciapiedi per dare più slancio), tendevano a non vedere di buon occhio l'affascinante gioco e a far lavare ripetutamente ginocchia e avambracci.

«Ma come, non me li avete già fatti lavare ieri?!»

Le palline

Come per i coperchini, ognuno di noi aveva una discreta dotazione di palline di terracotta, più qualcuna, rara e preziosa, di vetro.

Le palline venivano messe in gioco, nel senso che si potevano vincere o perdere. Il nostro sistema di gioco era il "castellino", e cioè, stabilito quante palline c'erano in palio, se ne sistemavano tre l'una accanto all'altra e se ne aggiungeva una in cima. Si decideva poi a che distanza tirare un'altra pallina – questa, di solito, di vetro. Se abbattevi il castellino, lo vincevi. In Appennino, con gente più intimamente legata alla terra, con questo sistema potevi giocarti delle noci.

Si tirava a mano e le palline che non avevano colpito nulla rimanevano sul terreno; se qualche castellino restava in piedi, il gioco riprendeva dal giocatore con la pallina andata più lontano.

Per colpire invece un'altra pallina o fare una gara, diciamo, di fondo, il modo di tiro era diverso: potevi tirare da terra con il normale cricco (sistema cittadino), o col complesso sistema appenninico, consistente nell'appoggiare la pallina fra pollice e indice e poi, piantato il mignolo a terra, sparare il colpo. Questo metodo barocco era bello a vedersi ma di difficile realizzazione, oppure richiedeva davvero grande abilità e lunga pratica. Provai a importarlo in città ma venne prestamente rifiutato. Mi si dice invece che a Bologna usavano questo particolare tiro con regole ferree, tipo "palmo", cioè la distanza dalla quale potevi tirare, e "cicato", forse il suono della pallina che bocciava contro un'altra. Ma non ho capito bene, cito queste cose solo per evidenziare l'enorme complessità di regole dei giochi di noi ragazzi di allora.

Si giocava anche a una specie di golf: dopo aver scavato una serie di buchette (amici di Bologna mi hanno raccontato che estraevano cubetti di porfido dal manto stradale. Dopo li rimettevano a posto, certo!), si faceva il percorso di buca in buca con una pallina. Ma era un gioco piuttosto statico e lo si praticava abbastanza di rado.

Questo invece il prediletto. Nel dopoguerra fiorivano in ogni dove cantieri di case in costruzione, che avevano, a fianco, deliziosi mucchi di sabbia umida. Quando i muratori, alla sera, smontavano, i mucchi venivano presi d'assalto e piccole operose mani costruivano piste con audaci gallerie e arditi ponti in salita, deliziose curve a gomito e numerosi *tourniquet*: il tutto in vista di un altro Giro d'Italia, non più con i tappini ma con le palline. Mi dicono che un gioco simile veniva fatto, in anni più recenti, al mare, usando sfere di plastica con l'immagine di un corridore ciclista o automobilista. Mi sembra però si tratti di pallida imitazione del nostro gioco, che aveva una caratteristica di selvaggia improvvisazione in più e anche il piacere del proibito, che comportava l'ingresso di soppiatto nel cantiere dopo essersi assicurati della mancanza del guardiano, e la triste certezza che sicuramente, il giorno dopo, i rudi muratori avrebbero distrutto con nonscialanza il nostro capolavoro di pista, per costruirci banali case.

La fionda

Era detta anche *tirino* a Bologna, *sfrombola* (dialetto: *sframbla*) a Modena e *balestra* sull'Appennino. Per costruirla bastava un robusto rametto foggiato a forcella. Più difficile trovare gli altri elementi, ma un pezzetto di cuoio e due elastici ricavati spesso da una vecchia camera d'aria di bicicletta, in fondo, si trovavano sempre. Non dimentichiamo che, in quel periodo, non si buttava via niente.

I raffinati cittadini, spesso più danarosi, al posto della camera d'aria usavano speciali elastici detti "quadriletti". Questi o gli altri più rozzi venivano fissati alla forcella con elastici più piccoli o pezzi di spago.

Si tirava un po' a tutto, barattoli, vetri di case abbandonate, lampadine di lampioni stradali, privilegiando innocenti lucertole e ignari passeri. C'è da dire che, fortunatamente, non ci si prendeva mai.

La cerbottana

È stata il gioco principe, che coinvolgeva bande di ragazzini a volte anche di strade confinanti, quindi acerrimi nemici, in sfide selvagge. Era da giocarsi, nei mesi più caldi, soprattutto nelle prime ore del pomeriggio, in modo da rovinare il giusto riposo di anziani benpensanti che incomprensibilmente mal reagivano agli schiamazzi dei giocatori e alle tipiche urla "ti ho colpito" e alle immediate repliche "no no, mi è passata di qua", simulando con la mano la chilometrica distanza dal corpo nella quale sarebbe passata la freccia sparata.

Per la cerbottana ci voleva come prima cosa la cerbottana stessa. Questa si otteneva in vari modi: segando la canna portante di un ombrello e usando il manico, assemblato in qualche modo, come impugnatura; cercando nelle discariche tubi di vecchi lampadari; i più ricchi, andando da un ferramenta e comprando un pezzo di tubo, a volte anche due, per avere una "due colpi".

Bastava che tutti questi tubi avessero il calibro giusto, grosso modo il diametro di una sigaretta. Un amico utilizzò addirittura un tubo di masonite, piatto sopra e sotto e tondo ai lati, che era servito come custodia portafili in non so quale impresa elettrica – il foro per i fili era del calibro adatto. Montò poi la canna sul calcio di un moschetto Balilla e l'arma così ricavata, di grande lunghezza, bellezza e incredibile precisione, fu invidiata da tutti, anche se, per sparare (cioè soffiare all'inizio del tubo), l'amico doveva ruotarla di novanta gradi perché la bocca malamente arrivava all'inizio del foro. Ma era una gran bella cerbottana.

Le frecce si fabbricavano con striscioline di carta, piegate ad arte e incollate di saliva in punta. Qualcuno ci metteva la colla, ma il grande dispendio di munizioni nel corso di una battaglia faceva sì che non se ne potessero confezionare in precedenza più di tante, che venivano invece frettolosamente approntate nel corso delle ostilità. La faretra per contenerle erano spesso i capelli, nei quali si infilavano le frecce di riserva. Incredibile a dirsi, a quell'età tutti avevano i capelli, meno quei pochi rapati a zero.

Si racconta anche oggi, nei ricordi conviviali di anziani pensionati, di fantastiche battaglie durante le quali si usavano frecce sulla cui punta era assicurato uno spillo. Credo che, al di là di qualche tentativo di arma sperimentale, si tratti di leggende metropolitane o di semplice *pseudologia fantastica* di qualche adulto che cerca di rendere mitica la propria normale, litigiosa infanzia.

I cariolini

Occorrevano: una piattaforma rettangolare di legno, di varie sebbene modeste dimensioni, e due assi di legno che finivano arrotondate per inserirvi le ruote, anch'esse di legno. Il tutto era un mirabile esempio di carpenteria infantile, con l'intervento, a volte, della forse più abile mano di un adulto.

Chi aveva a disposizione solo strade in piano doveva aggiungere una corda e un amico che si prestasse a tirare, fino al grido inevitabile: "Adesso tocca a me!".

Chi invece poteva contare anche su strade in discesa (in salita, ovviamente, nell'altro senso), sentì in sé la necessità di evolversi, di perfezionare. Le ruote di legno furono sostituite con cuscinetti a sfera e, mancando il trainatore, fu necessario modificare l'asse anteriore e trasformarlo in una specie di volante mobile retto da corde, di modo che, alla prima eventuale curva, la macchina e l'audace autista non fossero tragicamente diretti a folle velocità contro un muro.

Si provò anche a costruire un freno, dato che era evidente che frenare col tacco non si poteva in eterno, tendendo i tacchi delle scarpe a mostrare la loro intrinseca fragilità, senza calcolare l'innata ostilità dei parenti, quando si tornava a casa senza un tacco, a questo tipo di frenata. Si misero allora prima una, poi due stanghette laterali da puntellare al suolo, ma un po' era complicato lasciare, anche se momentaneamente, il volante, e un po' la macchina, stoppata di brutto, tendeva a cappottare.

Si lasciò quindi via libera alla futuristica ebbrezza della velocità, fidando soprattutto nella quasi provata immortalità dei ragazzi di allora.

Il carro armato

Era facile da costruire. Bastava avere un rocchetto di filo da cucire; senza filo, ovviamente, ma spesso, nell'ansia della costruzione, ci pensavamo noi, a renderlo privo.

Con un coltellino poi si praticavano tacche sulle due parti curve sporgenti, facendole diventare ruote dentate. Si inseriva nel foro del rocchetto un elastico, un capo del quale veniva fissato su un lato da un pezzetto di legno retto da due chiodini. Dall'altro, si infilava un bastoncino che serviva a tendere l'elastico stesso allo spasimo trasformandolo in una molla. Poggiata la macchina su una superficie piana, l'elastico si rilasciava e il carro armato correva e si inerpicava agile sui libri del tuo compagno di banco, che restava sbalordito e non vedeva l'ora di correre a casa per fabbricarsene uno.

La lippa

"Giocatorino da lippa!" griderà a Bologna chi, giocando a tressette e avendo fatto scarto libero a bastoni, vede il proprio compagno uscire bellamente a spade, due volte rifiutato in calare (cfr. *Il codice di Chitarrella,* edizioni varie).

Non si capisce il perché dell'offesa. È la lippa un antico gioco, già però ai miei tempi in forte calo di favori, che richiedeva una certa abilità. In uso dal XV secolo, è conosciuto con diverse denominazioni in varie parti d'Italia. Si giocava con due bastoni, ricavati spesso da manici di scopa, uno di circa quindici centimetri, appuntito alle due estremità, l'altro di circa mezzo metro. Posato a terra il bastone piccolo, lo si colpiva con quello più lungo facendolo rimbalzare e, una volta saltato in aria, lo si colpiva ancora cercando di mandarlo il più lontano possibile, oppure all'interno di un cerchio disegnato prima per terra.

Pare che si facciano anche gare internazionali. Negli Stati Uniti è in voga un gioco molto simile. Lo chiamano baseball.

Il Meccano

Credevo l'avesse ideato o progettato una ingegneristica mente meccanica legata al Positivismo, un adepto della Modernità che spezza le catene dell'Oscurantismo, tipo Ballo Excelsior. Il periodo era quello giusto, ma l'inventore è stato un semplice commesso di Liverpool, tale Frank Hornby, che, nel 1901, mise assieme strisce di metallo perforate, forme tonde, travi, rotelle, ingranaggi, dadi e bulloni, tutti montabili e smontabili con chiavi e cacciaviti.

Be', l'idea del signor Hornby era stata fantastica, ma questo era un gioco davvero difficile da trovare in una casa normale. Qualche infante particolarmente fortunato forse possedeva la scatola numero zero o, al massimo, quella numero uno (dono della prima comunione di uno zio speranzoso che il nipote, da grande, facesse l'ingegnere), ma l'intera gamma fino alla scatola nove o, addirittura, alla mitica scatola dieci (sono numerazioni a caso, il gioco ha avuto differenti tipi di catalogazione), con cui si sarebbe potuto costruire anche il Ponte di Brooklyn compresi i grattacieli intorno e le auto che lo percorrevano e forse buona parte di New York, era appannaggio solo di alcuni principi di casa regnante (i Coburgo-Sassonia?) o rampolli di inarrivabili dinastie di industriali (gli Agnelli?).

Più che un gioco, era un sogno irraggiungibile, mai realizzato. Si favoleggiava di amici che avevano conoscenti i quali assicuravano di avere visto locomotive con tutti i vagoni, torri Eiffel, carri armati e veicoli d'ogni genere, insomma qualunque audace opera di alta ingegneria che mente umana avesse fino ad allora concepito. Avevano sentito dire, raccontare. Realizzazioni comunque mai viste, dal vivo. Un sogno appunto, come tanti altri della nostra giovinezza.

Shangai e pulce

Non starò a dilungarmi su due giochi da giornate piovose, di quando proprio non potevi uscire a compiere le consuete turpitudini e magari un amico ti era venuto a trovare a casa e, finiti gli urbani convenevoli, decidevate di giocare a qualcosa.

Venivano sciorinati quindi gli stecchini di Shangai, a quei tempi di sottile legno; dopo, ho visto, di volgare plastica, ma mi si racconta che sono ancora in commercio versioni costosissime in legni preziosi e rari e, pare, profumati di orientali essenze odorose. Quelli di allora erano semplici bacchettine di semplice legno, di diverso colore a seconda del diverso punteggio; li stringevi fra le mani, li lasciavi cadere sul tavolo e dovevi riuscire a estrarli dal mucchio disordinato uno alla volta, senza che nessuno degli altri si muovesse di un micron, o qualunque altra misura infinitesimale.

Imparavi a barare sordidamente, a negare che si fosse mosso qualcosa mentre tutto oscillava come un salice piangente sotto folate di vento, a estrarre l'imperatore, o come diavolo si chiamava lo stecchino che valeva più punti, provocando nel mucchio turbiglioni impazziti mentre il tuo compagno, proprio in quel momento, guardava da un'altra parte. Si litigava molto, e forse in questo consisteva il gioco. Non era, insomma, un gioco atto a favorire l'educazione civica.

Per quanto riguarda la pulce, non ho proprio parole. Era un gioco da bambine, di solito regalatoti da vecchie zie zitelle: dischetti di plastica colorati muniti di sbarrette oblunghe (sempre di plastica). Il gioco consisteva nel far salire un dischetto sopra un altro cliccandolo con la sbarretta oblunga. Una noia mortale. Ma piaceva, appunto, alle bambine, le quali oggi, da ex bambine, si illuminano ancora d'immenso al ricordo e fanno: "Ah sì, la pulce, clic" e suscitano in me il malcelato maschilismo di allora.

I taxi

"Aveva un taxi nero che andava col metano / con una riga verde allo chassis" dice la canzone di Enzo Jannacci. Un taxi verde e nero? Sì, perché fino agli anni Sessanta i taxi erano di questi colori (e le auto più usate erano la Fiat Seicento Multipla, che aveva gli strapuntini, piccoli sedili pieghevoli sui quali misteriosamente volevano sempre sedere i bambini, e la Ford Cortina; ma questo non c'entra).

Agli inizi degli anni Settanta cambia il colore, almeno nei grandi centri urbani, e i taxi si tingono di giallo, dicono per distinguere le macchine anche con le nebbie più fitte (ma che nebbie c'erano?!).

Qui bisognerebbe ammirare le virtù di preveggenza di un certo Adrianén, cantore bolognese ormai scomparso che, fra le altre canzoni in dialetto, scrisse e cantò, prima del cambio di colore, *La machina zala*, ovvero "la macchina gialla". Peccato però che ci sia il forte sospetto che la canzone sia il riadattamento in bolognese della meneghina *La Balilla*.

Nel 1993 i taxi, a livello nazionale, sono diventati tutti bianchi.

Il postino e il bigliettaio

Un tempo il postino, almeno in città, arrivava due volte al giorno, di prima mattina e nel primo pomeriggio. Il che rendeva felici gli innamorati lontani che potevano ricevere anche due dolci missive della controparte in una sola giornata. Problema oggi ampiamente risolto con le e-mail o con gli sms.

I postini non avevano scooter, né utilitarie con la scritta *Poste italiane*. Andavano in bicicletta, col borsone a tracolla. Forse, anche oggi, qualche giovane sportivo usa le due ruote per recapitare, ma una sola volta al giorno, la posta. Però si scrive molto meno e quello che spesso recapitano è, soprattutto, pubblicità. O cartelle esattoriali.

Sull'Appennino le cose erano un poco più complesse. Il postino funzionava in paese, ma se la lettera da spedire era per un abitante di una frazione distante, si aspettava che passasse una persona di quel posto isolato e gliela si affidava: "*Tè*, Gino, c'è una lettera per la Iolanda di Carletto, tu che abiti lì vicino mi fai il piacere di dargliela?". "Lì vicino" magari era un chilometro buono. Il concetto di urgenza era molto diverso; e anche quello di privacy.

A quei tempi, sui tram e sugli autobus c'era, oltre all'autista, il bigliettaio. Memorabili la frase "avanti c'è posto", col mezzo gremito all'inverosimile, e le litigate con chi si presentava, nella calca, senza soldi spiccioli per il biglietto.

Altri tempi. Un giorno, sul viale della circonvallazione di Bologna, aspettavo un filobus (o *filibus*, secondo la dizione popolare). Era agosto, c'era un caldo infernale, la città era deserta di gente e di traffico. Il filobus era in forte ritardo. Di fianco a me alla fermata c'era un'anziana signora che smaniava, impaziente: «Ma quando arrivano, è mezz'ora che son qui, ma dove son finiti, è uno schifo!», e guardava lontano, nella strada vuota animata improvvisamente da una rara automobile, continuando a lamentarsi.

Finalmente, dal remoto orizzonte, apparve il mezzo pubblico. Lento, sembrava, fra i bagliori trasparenti che si levavano dall'asfalto, un pachiderma sonnolento. Sostava a una lontana fermata e nessuno saliva e nessuno scendeva, poi a quella più vicina, stessa solfa, poi, infine, eccolo alla nostra.

Saliamo. Il bigliettaio, cappello con visiera in testa,

grondava sudore e aveva lo sguardo vacuo, perso nel vuoto, disfatto dall'afa, dalla noia, dal calore. La signora era inviperita: «Ma com'è che siete così in ritardo, è un'ora che vi aspetto, ma dove siete stati?».

Il bigliettaio, senza fare una piega, senza guardarla, prendendo il denaro e strappando il biglietto: «*A sann stèe in Africa*», siamo stati in Africa, signora!

Il dentifricio

Ridatemi, vi prego, un tubetto del dentifricio come quelli di una volta. Non so di cosa fossero fatti, ma erano diversi da quelli attuali. Quelli di oggi sono di materiale plastico indeformabile e a un certo punto il dentifricio non esce più, hai voglia a schiacciare. So BENISSIMO che ce n'è ancora dentro, ma un complotto dei produttori ha inventato questo nuovo tubetto e mi tocca buttarlo via prima del tempo.

Il tubetto di una volta si schiacciava, partivi dalla fine e lo arrotolavi come un tubetto di colore da pittore, come un tubetto di conserva che comprimi col manico di un cucchiaio per cavarne fino all'ultima stilla.

Poi è bello il tubetto arrotolato, è segno di un'epoca, della mia giovinezza.

Vi prego, posso pagarlo anche qualche euro in più, ma ridatemi un tubetto di dentifricio come quelli del tempo che fu.

I balli

Nell'immediato dopoguerra c'era una voglia di ballare che faceva luce.

Dopo la grande tragedia la gente voleva dimenticare, aveva bisogno di feste, di vita, e il ballo forniva la medicina giusta. Le sale nascevano alla stessa rapidità con cui si tiravano su le case, i ponti, le strade e i binari della ricostruzione. Bastava poco, una pista di cemento, che si cospargeva di borotalco per meglio scivolare, qualche lampioncino o lampadina colorata, e un'orchestrina con tre o quattro musicisti bene o male assortiti (avevano quasi tutti, naturalmente, un altro lavoro più serio): una fisarmonica, una chitarra, un sax, una batteria, uno scarso microfono per l'improvvisato cantante, amplificazione quasi zero e il gioco era fatto.

Nel paesino di montagna dove trascorrevo le estati erano spuntate quattro piste in poco più di un chilometro lungo la direttrice della SS 64 Porrettana: il Pino Solitario, il Settimo Cielo, il Belvedere e Da Gino, che si battagliavano i clienti a colpi di manifestini spesso stilati a mano. Il Pino Solitario ha resistito fino agli anni Sessanta, ma negli anni Cinquanta fu aperta una nuova sala invernale, l'Arlecchino; le altre svanirono alla stessa velocità con cui erano nate.

In città le cose erano ancora più complesse e le numerosissime ma provvisorie sale del dopoguerra assunsero presto una veste più stabile. I nomi andavano da semplici notazioni geografiche – Vallereno, Oasi del Parco, Parco Verde, Chalet sul Lago (e non sempre il lago c'era) –, a nomi d'animali variamente colorati – Cigno Bianco, Drago d'Oro, Ragno d'Oro, Gatto Verde (ma, volendo, anche Nero); a volte erano indicazioni di sfrenato esotismo come Florida, Eden, Sirenella, Perla Azzurra, All Stars, fino ai più moderni Mocambo, Bataclan, Kursaal. C'erano anche cose più modeste, tipo Baita degli Alpini, CRAL Ferrovieri, Dopolavoro Postelegrafonici, ma non per questo erano meno frequentate o vissute. Qualcuno osò anche l'inosabile, con riferimenti classici come Tersicore, o quasi politici come Deimos (satellite di Marte) per la sala della Gioventù Comunista, nata dopo la conquista dello spazio da parte dello Sputnik sovietico.

I musicisti diventarono più professionali, gente che lo faceva di mestiere. Giravano orchestre famose, raffinate, ma le sale da coprire erano tante e c'erano dei bar dove si radunavano gli orchestrali momentaneamente a terra. Arrivava lì l'impresario: "Avrei bisogno di un pianista, di una tromba e una chitarra, per questa sera. Si prende tanto". E via, si formava l'orchestra, che non aveva mai suonato assieme, che non aveva repertorio, ma qualcosa avrebbe messo giù per far ballare. Nel dopoguerra fino agli anni Sessanta sono state contate e catalogate più di cento formazioni nella sola provincia di Modena.

Le sale avevano uno stile pressoché unico (escluse quelle di lusso, naturalmente). C'era un bar attorno al quale stazionavano i maschi, di solito arrivati prima, quasi spinti da un atavico desiderio. Fumavano una sigaretta, sorseggiavano pensosi o ciarlieri un vermut – il vino avrebbe appesantito il fiato –, si scambiavano frasi di grande e urbana mondanità ("Oh, c'è poca roba stasera, eh! La più carina ha vent'anni per gamba!", "Sì, con tre gambe e due di scorta!").

I branchi di maschi spesso andavano di sala in sala in formazione tribale, come maori pronti alla battaglia, nel senso che ogni gruppo di stanza lì, nei paraggi della sala, la considerava suo precipuo territorio di caccia e vedeva in ogni intruso un potenziale nemico. Ne nascevano così, spesso, simpatiche risse.

C'erano tanti tavolini situati tutt'attorno alla pista, ma i maschi non vi sedevano: erano le postazioni delle ragazze parcheggiate lì in offerta con le accompagnatrici, vecchie zie zitelle sospettose e guardinghe, madri volonterose – anche se, a volte, non era del tutto positiva la loro presenza, perché potevano mostrare con drammatica evidenza la triste fine che avrebbero fatto di lì a poco le venustà della ragazza allora così carina –, amiche di vario genere con le quali guardare il reparto maschile e, chissà perché, ridacchiare sorseggiando un'aranciata (una sola perché costava).

Poi l'orchestra partiva e il rito aveva inizio. I maschi si muovevano, gettando la sigaretta nel portacenere più grande (cioè in terra), e caracollavano verso la meta, ovvero una ragazza da invitare. Chi aveva una conoscenza, una mezza morosa, andava sul sicuro, chi invece era a piedi si sottoponeva a una pratica barbarica che consisteva nel mettersi di fronte alla ragazza desiderata, fare un leggero inchino e sibilare, mondano: "Balla, signorina?". Al che avvenivano due cose, o la ragazza, con un leggiadro cenno del capo, si alzava e i due cominciavano a vorticare, o la stessa, dopo aver squadrato il malcapitato dall'alto in basso, mormorava: "No, grazie" e il poveretto doveva proseguire il suo giro per cercarne una meglio disposta. Si dice che una ragazza alla classica domanda avesse risposto: "Proviamo anche questa". Ma forse è una leggenda, è troppo bella per essere vera.

C'era anche chi, favorito dalla sorte (il meglio

tacco? Il più bello? Il più elegante?), non aveva bisogno di chiedere. Guardava la vittima e semplicemente roteava il dito indice. Di solito le prescelte balzavano in piedi come sospinte da arcani desiri e gli si gettavano fra le braccia.

Quanti amori saranno nati su quelle piste dai nomi fantasiosi, e quanti svaniti nel volgere di una danza, quante frasi di grande nonscialanza pronunciate fra un ballo e l'altro ("Viene qui spesso, signorina?", "Ma lei, scusi, studia o lavora?", "Fuori c'ho la macchina, se vuole l'accompagno a casa!", "Non stringa tanto, per favore!"), quante coppie si sono formate, hanno fatto figli, hanno vissuto la loro vita e ogni tanto, in pacifica vecchiaia, si ricorderanno forse di quel "balla, signorina?" che ha dato inizio alla loro storia.

C'erano tappe fondamentali nella vita di tutti noi, allora, veri e propri esami che prima o poi dovevi affrontare e superare. Era di grande importanza imparare ad andare in bicicletta, per esempio, e, una volta imparato, andarci senza mani, o frenare all'americana (non credo fosse una particolare specialità USA, ma a quei tempi tutto ciò che risultasse un po' estroso era così definito), mossa consistente nel balzare agile dal sellino all'indietro e, posti i piedi a terra, stringere la ruota posteriore fra le cosce in ferrea morsa. I vantaggi di questo tipo di frenata sono ancora oggetto di approfonditi studi.

Dovevi poi imparare a nuotare, almeno chi avesse

avuto un torrente con qualche pozza a disposizione, perché le piscine con gli istruttori che ti insegnavano il crawl o stile libero (il nuoto all'americana!) misteriosamente latitavano, nel dopoguerra, e gli sfortunati bimbi mandati in colonie marine avevano sì graziosi berrettini in testa e magliettine alla marinara, ma anche plotoni di badanti o di suorine note per la loro prussiana pedagogia che ti facevano intravedere il mare quel quarto d'ora poi via, lieti, a mensa o a nanna.

Ma da lì a qualche anno ci sarebbe stato qualcosa di davvero tosto da imparare, difficili arti di cui impadronirsi, che dovevano trasformare il frivolo fanciullino in un verace adulto, in un uomo vero (anche se, purtroppo, la mia generazione non è stata di quelle che non deve chiedere mai, ma abbiamo sempre, penosamente, dovuto chiedere qualcosa). Erano due, soprattutto, quelle arti, e spesso andavano di pari passo: imparare a fumare e imparare a ballare.

Imparare a fumare fu, in realtà, la cosa più facile, e di questo parlerò in altre pagine.

Per quanto riguarda l'arte tersicorea, la cosa presentò subito evidenti difficoltà. Anzitutto, quali danze, fra la vastissima gamma delle possibilità, imparare?

Allora si ballava principalmente il tango. Non, come ovvio, il complicato tango argentino, ma quello europeo, o meglio, una cosa molto più casalinga, che consisteva in: sinistro avanti, destro avanti, sinistro ancora avanti e riunisci. Passo fondamentale, col quale avresti ballato tutti i lenti (detti anche, con audace metafora, "smorzoni") che la musica ballabile tutta ti avrebbe di poi messo a disposizione.

Con quel passo te la cavavi, e andavi via alla grande. Solo che, una sera d'estate, sulla pista che il paese aveva concesso per le danze (Pino Solitario, se non sbaglio, in virtù di un colossale abete che faceva bella mostra di sé ai bordi del *baladur* e di una canzone allora in gran voga, "Pino solitario ascolta, son tornato per parlarti ancor..."), dopo un lento di grande pregio l'orchestra maledetta, come si usava allora, passò a un frenetico valzer (col v doppio e la t prima della zeta?) che non sapevi assolutamente ballare.

Eri aggrappato a una francesina di ritorno (non esistevano, a quel tempo, in montagna da noi, VERE francesi, ma solo figlie o nipoti di immigrati locali. Diciamo oriunde) e le cose col lento procedevano strettamente bene, quando il cambio improvviso di ritmo suscitò grandi ambasce. Provasti a districarti (tutti gli altri ti vorticavano attorno) tentando qualche vergognoso passo, e stavi quasi penosamente per scusarti quando la giovine si fermò e disse: «Scusami, ma io proprio non so ballare il valzer», con quell'accento fascinoso che uniche le francesi, anche se solo oriunde, hanno sempre avuto. «Fa niente, fa niente» rispondesti, e la riaccompagnasti al posto prenotandoti per il primo lento che gli sciagurati dell'orchestra avrebbero ancora suonato.

Ma il problema si era posto in tutta la sua gravità, perché le ragazze da concupire, anche se nel breve spazio di una danza, non erano tutte francesi di ritorno ignare delle usanze viennesi, ma giovani del luogo che sapevano piroettare da appena svezzate.

Possedevo allora una nonna e una prozia grandi esperte in danze locali: le misi al lavoro e in poco fui in grado di imparare non solo il valzer, ma anche la mazurca e la polka, e mi ripresentai su quelle piste sicuro del fatto mio.

C'erano sì altre cose che potevi ballare. Fortunatamente, cose di grande esoticità come la raspa ("Traià traià traià, la raspa del Paranà, i cuori conquisterà, dal Messico al Canadà". Ma perché *traià*, santo cielo, forse per far rima con "Paranà" e "Canadà"?) e, udite udite, lo spirù ("Vuoi ballar lo spirù, metti con me le ginocchia all'ingiù..." e qui mi fermo per carità di Patria), che un mentecatto ebbe a definire: "Danza serrata e incalzante a ritmo binario sincopato con piegamenti sulle ginocchia e agitare di braccia", erano sparite rapidamente dalle sale, nonostante qualche tentativo postumo di rianimazione.

Erano rimaste la samba, per dirne una, o la rumba, a volte (rare volte, per fortuna) il charleston, ma scopristi che nessuno sapeva ballare davvero quelle cose, bastava dimenarsi un po' al ritmo della musica e andava tutto bene, come quando venne di moda la lambada e tutti, penosamente, infilando una gamba fra quelle della ballerina e scuotendo di molto il culo fingevano di saperla ballare. Venne anche di moda, per un breve periodo, il twist, presto dimenticato, anche se, in qualche festa patronale, l'entusiasta tastierista che ora fa le veci dell'orchestra (non ci sono più soldi) lo suona (solo uno, sempre quello di Chubby Checker), e puoi assistere al deprimente spettacolo di anziane matrone che si agitano festose in un vorticare di braccia e gambe; qualche anno dopo arrivò l'hully gully, che, mi dicono, come danza collettiva, viene ancora ballato in oscure sale dove i volonterosi danzatori hanno un'età media fra i settanta e gli ottant'anni.

Devo precisare che, se non qualche volta in montagna, durante le vacanze estive, non ho frequentato sale da ballo. Noi, giovani studenti cittadini, un poco snob (e molto sfigati e imbranati), tendevamo a evitare le dure prove delle piste, e preferivamo di gran lunga quelle tranquille cose chiamate "festine private".

Ora, per la festina privata, erano fondamentali alcune cose: il posto dove farla, e poteva esserci per esempio la trista e semiabbandonata sala da pranzo della nonna di un amico che viveva da sola, con mobili avvolti nel cellophane e una bambola troneggiante su un buffet; un pikup (lo so come si scrive correttamente! Comunque si pronuncia *up*, non *ap*!), consistente in un giradischi ma senza fono, fornito, per l'occasione, con audace mossa radiotecnica, dal fono d'una radio; un certo numero di dischi, divisi fra 78 giri e i primi emozionanti 45 giri, ma tutti rigorosamente di lenti; cento lire a testa (se non sbaglio, cinque centesimi di euro, maledizione!) per provvedere al ricco rinfresco, cioè un cabaret di paste e una bottiglia di vermut; elemento essenziale, una ragazza, la *tua* ragazza, perché se non ce l'avevi col cavolo che eri invitato, e ti saresti aggirato solitario e triste per tutta la domenica pomeriggio sotto i portici di quella cupa città meditando su improbabili rivoluzioni.

C'erano sì festine più chic, con ricchissimo buffet a disposizione, e gratis, ma di solito erano organizzate dalla cugina di un amico che invitava o un paio di cugine (brutte) o un paio di amiche (ancora più brutte). Unica soddisfazione, fare un poco l'asino durante gli immancabili tragici giochini.

Comunque siamo sopravvissuti a tutto, arrivati fin qui in discreta salute. Abbiamo perfino ballato, all'inizio degli anni Settanta, lo shake, ultima cosa di moda.

Una sola cosa mi chiedo.

Quando arrivò il rock and roll, lo si ballava per ore, rockeggiando e rollando, senza fare una piega.

Cosa è successo nel frattempo? Lo suonano molto più svelto ora, che se provo ad accennarne uno mi adagio subito sulla sedia più vicina, a evidente rischio infarto?

I liquori

C'era gente che, poco prima di Natale, si faceva i liquori.

Dico li faceva in casa, non li comprava, di sicuro per una certa scarsità di denaro liquido che quella gente forse aveva, poi era bello affaccendarsi per i preparativi delle imminenti feste, che prevedevano, naturalmente, anche una sobria quantità di alcolici.

Non erano però quei liquori casalinghi per infusione che si fanno anche oggi, tipo quello di basilico, o con le bacche del prugnolo, o il limoncello, e via andare. Erano un'altra cosa, e due erano soprattutto i liquori casalinghi di produzione autarchica: l'alchermes e il doppio kummel.

L'alchermes ha una bella storia. Pare che sia arrivato in Italia, a Firenze, dalla Spagna, con ricetta probabilmente di origine araba, e qui prodotto in vari conventi già nel Medioevo, come liquore medicinale. Quando Caterina de' Medici, figlia di Lorenzo di Piero, duca di Urbino, sposò, nel 1533, il futuro re di Francia Enrico II di Orléans, oltre a varie altre specialità culinarie (e anche, forse, l'uso della forchetta), portò in Francia l'alchermes, che fu conosciuto come "liquore dei Medici".

Il nome deriverebbe dall'arabo *al-quirmiz* (che significa, grosso modo, "l'insetto", "il verme", e vedremo perché), o da una trasformazione di "cremisi", che è poi il colore della bevanda, un rosso rubino intenso. Forse ai tempi di Caterina lo bevevano, ma non credo lo si sorseggi anche ora, piuttosto viene usato per dare una pennellata di rosso alcolico a quella che chiamiamo zuppa inglese, e questo era soprattutto (ed è ancora) l'uso casalingo e in pasticceria di tale liquore. Anche se ho letto che ai bambini siciliani che si erano presi uno spavento, ad esempio per una caduta, ne venivano dati un paio di cucchiaini. Bimbi fortunati; a noi, al massimo, una buona dose di Magnesia San Pellegrino.

Ho visto la ricetta. Per il colore ci vuole anzitutto la cocciniglia, un insetto della famiglia delle Coccoidea; veniva usata in preferenza la femmina, la *Dactylopius coccus,* ma non chiedetemi il motivo. Per fare un chilo di tintura ci vogliono centomila insetti, il che spiega l'alto costo e il perché ci si è rivolti oggi ai coloranti chimici.

Non bastano però le cocciniglie: per il liquore occorrono anche cannella, chiodi di garofano, cardamomo, macis (fiore della noce moscata), vaniglia e acqua di rose, oltre naturalmente ad alcol a 95° e uno sciroppo di zucchero e acqua.

L'altro liquore natalizio era il doppio kummel (non so spiegarmi le ragioni del "doppio"); questo, offerto e bevuto nei famosi bicchierini a dosi minime, evaporava però prima di finire in gola. Nella bottiglia si infilava un rametto che dopo un po' si riempiva di fascinosi cristalli di zucchero, ambitissimi da noi ragazzi. "Quando finirà la bottiglia, ti daremo il rametto!" si diceva. Ma, con le dosi con cui veniva servito allora, la bottiglia poteva durare in eterno e uno faceva in tempo a diventare maggiorenne prima di godersi, ormai schifato, i cristalli tanto desiderati.

Anche qui la ricetta è complicata: ovviamente cumino (il "kummel" del nome), semi di finocchio, scorze d'arancia amara, coriandolo, cannella, vaniglia, chiodi di garofano e, come per tutti i liquori, alcol a 95° e uno sciroppo di zucchero e acqua.

Se ora pensate che per Natale i miei nonni andassero a cercare scorze d'arancia amara, fiori di noce moscata, coriandolo e acqua di rose *et similia* – per non parlare poi delle coccinelle –, vi sbagliate. Perché c'era un sistema per fare questi liquori senza avere uno solo dei suddetti ingredienti. E un metodo con cui i miei nonni si facevano in casa bellamente, nello stesso periodo, anche cognac e rum.

Come facevano? Ma è semplice, con gli estratti.

Cos'erano gli estratti? Sinceramente non lo so. Erano misteriose boccettine, forse risultato di arcane sapienze alchemiche, sulle quali era scritto *Alchermes*, o *Doppio kummel*, o *Cognac*, o *Rum*.

Si preparava lo sciroppo di acqua, zucchero e alcol a 95°, si versava l'estratto, si mescolava, si lasciava riposare, si filtrava con un batuffolo di cotone e il tutto era pronto, senza tante coccinelle, cumino o aver visto la Francia o il Caribe.

Com'erano questi liquori? Chi si ricorda; allora come oggi, poi, non servivano liquori ai bimbi (salvo a quelli siciliani spaventati da una caduta). Io, dopo il filtraggio, avevo però il diritto di succhiare il cotone usato. Be', devo dire che mi piaceva.

I treni a vapore

Ah, la grande romantica magia dei treni a vapore, oggi solo presenti in qualche sagra rievocatoria. La letteratura dell'Ottocento ne è piena, come fosse la locomotiva la macchina del futuro, una forza meccanica incredibile, ferro carbone e fuoco, stantuffi e ruote a mangiarsi le rotaie e le distanze, lucidi macchinisti e neri e sudati fuochisti, la prova della volontà e dello spirito dell'uomo che soverchia e domina la materia.

Basterà ricordare: "Ansimando fuggìa la vaporiera / mentr'io così piangeva entro il mio cuore; / e di polledri una leggiadra schiera / annitrendo correa lieta al rumore". Il Poeta, Giosue Carducci (*Davanti San Guido*, 1874), percorre in treno la Maremma toscana che facilmente immaginiamo deserta, scevra di rumori di radio e telefonini, pura da clacson di automobili, solo (tralasciando l'annitrire dei polledri) il canto del bolide che corre sulla rotaia, lo sbuffo del vapore, il fischio della sirena ogni tanto ad accompagnare l'alto sfuggente pennacchio di fumo.

Nella realtà le cose erano un po' diverse. Sulla ferrovia Porrettana (la prima transappenninica), costruita nella seconda metà dell'Ottocento con arditissime soluzioni ingegneristiche (il dislivello fra la stazione di Pracchia e l'apice sul versante pistoiese è di cinquecentocinquanta metri in ventisei chilometri), macchinisti e fuochisti di rincalzo, a cavallo, dicono, attendevano il treno all'uscita della galleria più lunga per balzare a bordo e sostituire i loro colleghi semiasfissiati per il fumo. A cavallo o a piedi non so, so però che la vita media di un fuochista o di un macchinista era, allora, di circa quarant'anni.

Nel 1927 la linea fu elettrificata ma, durante l'ultima guerra, i tedeschi in ritirata la distrussero del tutto, facendo addirittura cozzare in una galleria due locomotive cariche di esplosivo. Fu ricostruita rapidamente ma non fu elettrificata subito, cosicché i sopravvissuti provarono ancora per alcuni anni l'ebbrezza di viaggiare a vapore, col fumo che, percorrendo una galleria (e ce ne sono tante), entrava da tutte le parti e i fazzoletti di chi per ventura si soffiava il naso risultavano neri di carbone. Forse anche i polmoni.

Fino al 1962 esisteva un altro mezzo di trasporto su rotaia, la "Littorina". Il termine sembra nato all'inizio degli anni Trenta, quando Mussolini, in visita alla città di Littoria (oggi Latina), arrivò viaggiando appunto su un'ALN (Automotrice Leggera a Nafta). Anche la Littorina, usata poi per tratte secondarie, è scomparsa dalla circolazione.

Macchina a vapore, Littorina o locomotiva elettrica, i viaggiatori ferroviari di un tempo ricorderanno un'altra cosa scomparsa: la terza classe.

Viaggiare in prima classe era roba impensabile per i più, cose da Orient Express. Si immaginavano (si immaginavano soltanto, perché nessun essere umano normale aveva mai visto uno scompartimento siffatto dal vivo) broccati, damaschi e velluti, morbidi divani sui quali sedevano ereditiere, magnati della finanza o dell'industria, cocotte d'alto bordo e spie internazionali, serviti, più che da normali ferrovieri, da maggiordomi in livrea e guanti bianchi. I passeggeri mangiavano (si nutrivano?) solo al vagone ristorante, luccicante di cristalli e di posaterie d'argento.

La seconda classe era già più umana: anche qui trovavi comodi sedili e atmosfere rarefatte, ma, in confronto alla prima, era quasi un "vorrei ma non posso". I passeggeri usufruivano dei cestini da viaggio.

La terza classe invece – ah la terza – era quella proletaria, quella delle valigie di cartone passate dai finestrini, quella delle urla "sbrigati che qui c'è posto" fra sgomitare continuo, quella dei cartocci di pane e mortadella, di provole e salami affettati sulle ginocchia e di fiaschi di vino, bevuto a collo. Mentre i vagoni delle altre classi avevano solo due sportelli, quelli di terza ne avevano molti, che si aprivano su scomodissimi sedili di legno uno di fronte all'altro. E mentre nelle altre classi le scritte *È vietato sporgersi dal finestrino* (o meglio: *Si prega la gentile clientela di non sporgersi...*) erano tradotte anche in francese, in inglese e in tedesco, nella terza, forse, oltre al brutale *È severamente vietato...*, c'erano solo traduzioni in alcuni fra i più noti dialetti della penisola.

Anche le sale d'aspetto erano suddivise in classi. Ora ce n'è una sola per tutti, ma, normalmente, serve da rifugio per i senza fissa dimora. O per qualche coraggioso passeggero.

Le braghe corte

Noi, da ragazzi, portavamo i pantaloni corti.

Non erano corti al ginocchio, di una certa eleganza vittoriana, di un modello che si potrebbe quindi definire "all'inglese", intravisto in qualche film o illustrazione di libro, o portato da qualche fanciullo dei quartieri alti subito scomparso (fortunatamente per lui una fugace apparizione) prima che noi ragazzi normali ci rendessimo conto del suo stravagante vestire e infierissimo su di lui. No, i nostri pantaloni erano proprio corti corti, a mezza coscia, e non c'erano calzettoni al ginocchio a bilanciarne la scarsità della cute coperta, ma solo tragici calzini al malleolo. I nostri pantaloni (sarà stata moda, usanza, mancanza di stoffa nel povero dopoguerra) erano insomma tragicamente corti.

D'estate, questo, andava anche bene, il pantalone

corto rendeva più agile il deambulare, più sciolto il movimento, tantoché ancor oggi puoi vedere, nella bella stagione, anziani signori presentarsi in braga corta, o curiosi bermuda, o fantasiosi pantaloni vorrei-ma-non-posso da esploratore-fotografo-pescatore-o-qualcosa-di-simile, e corti calzini sui sandali. Non è un bello spettacolo, ammettiamolo, ma mi si assicura che la comodità è tanta.

Era d'inverno che la cosa si faceva pesante. Noi, innocenti fanciulli, non conoscevamo altre possibilità, non abbiamo mai reclamato un pezzo di stoffa in più, era la REGOLA imperscrutabile che veniva da chissà quali alte gerarchie che tutto potevano e volevano, era così e basta, e ci tenevamo le gambe martoriate dal gelo, marmorizzate dalle vene che si stagliavano sulla superficie della pelle delle cosce provocando un curioso fenomeno che, dalle mie parti, veniva paragonato alla pezzatura del manto di certe mucche ed era perciò chiamato "le vacche".

Non ricordo se questi pantaloni avessero o meno quell'apertura sul davanti chiamata con voci locali *bottega* o *fischio* (cos'è che si vendeva lì dentro? Cos'è che avrebbe dovuto fischiare fuori?), ma detta in buon italiano "patta" (forse dal longobardo *paita*, "striscia di tessuto che a volte ricopre l'abbottonatura di una giacca o di un cappotto". Così il vocabolario. Ma i pantaloni?). Forse in alcuni esemplari c'era, ma molti mi giurano sulla sua assenza. Ricordo però che i giovinetti d'allora, in strada, per non interrompere fasi importantissime di gioco con inutili frapposizioni, provvedevano a piccole ma urgenti funzioni corporali alzando agilmente un lembo del pantalone, a destra o a sinistra a seconda della posizionatura dell'oggetto necessario alla bisogna, estraevano l'oggetto stesso e così compivano l'operazione. Sgocciolandosi a volte sulla coscia, il che poteva pure provocare fastidiose reazioni epidermiche, ma era la dura realtà della vita quotidiana.

Verso i tredici anni le cose cambiavano, anche in questo caso seguendo regole segrete dettate da chissà chi: si passava ai pantaloni alla zuava.

Abbottonati sotto al ginocchio, si sposavano con un calzettone che copriva il polpaccio e si univa al pantalone all'altezza dell'allacciatura. Tutto questo però in teoria, nella realtà il bottone spesso saltava via e il pantalone pencolava disastrosamente – ma non sul calzettone, il quale, complici gli elastici partiti, si accasciava penoso sul malleolo ed era un continuo tirare su quello che, per l'ostinata forza di gravità, tendeva naturalmente a crollare e a posarsi rilassato sulla scarpa. I pantaloni alla zuava però erano forniti di regolare patta, e i bennati adolescenti tredicenni non la facevano più per la strada.

Dopo un paio d'anni venivamo finalmente forniti di pantaloni lunghi.

Una conseguenza della scomparsa dei pantaloni cortissimi forse c'è stata: esistono ancora le ginocchia ricolme di gloriose croste?

La naia

Oggi il servizio militare obbligatorio non c'è più, ci sono gli eroici volontari, a paga accettabile, con giovani e graziose commilitone al fianco (cosa nemmeno immaginabile negli antichi tempi bui, o solo vagamente sognata), e divise e corredo (maglie, mutande *et coetera*) di discreta indossabilità. I diciottenni contemporanei non sanno che pèsca si sono evitati. Sì, lo suppongono: "Meno male che non c'è più la naia, è vero. Ma tu l'hai fatta? Com'era?".

Com'era? Era dura, almeno i primi tempi. Dopo un po' ti abituavi, ti scafavi, imparavi cento piccoli trucchi per imboscarti, come quello, quando percorrevi il cortile della caserma in tempo di riposo, di tenere sempre qualcosa, tipo una cartellina, fra le mani, per fingere di avere da fare, di stare ubbidendo a un ordine superiore. Altrimenti, il primo sergente che incontravi, vedendoti ozioso, ti spediva subito a fare qualcosa di spiacevole e ti fotteva il tempo libero.

Questo, e altri novantanove piccoli trucchi, imparavi e mettevi in opera. Per sopravvivere.

Ma andiamo con ordine.

Tu te ne stavi lì, bello come il sole, a vivere la tua beata vita da borghese, e ti arrivava la cartolina per la famosa visita dei tre giorni, per vedere se saresti poi stato abile arruolato o, per vari motivi, lasciato a casa.

La tragedia si delineava, ma non era ancora accolta in tutta la sua gravità. Era quasi un gioco, ti dicevi, e andavi spensierato e curioso per trovarti là con altri coetanei, alla presenza di annoiati medici militari, a motteggiarsi reciprocamente in mutande (o nudi); ma là, respirando odore di caserma e di rancio, d'improvviso l'istinto di sopravvivenza prevaleva (incurante del motto degli anziani di allora: "Chi non è buono per il re, non è buono per la regina!". Lasciatemi a casa, e poi alla regina ci penso io!) e cominciasti a guardare l'ottotipo (la tabella di lettere della visita oculistica si chiama così, non è colpa mia) fingendo esagerate miopie, a confessare inventate malattie incurabili che ti pervadevano all'ultimo stadio, a provare a raccontare balle a quei medici che di panzane così chissà quante ne avevano sentite nel corso della loro carriera. Ma ci provavi.

C'era anche chi, previdente, si era preparato, digiunando i più giorni e ingoiando solo chicchi di caffè, ed era arrivato alla visita pallido e fragile e sottile come un giunco (insufficienza toracica e militesente, il maledetto). Un altro si presentò in caserma con un cappello d'alpino con sopra una piuma di struzzo verde lunga un metro urlando in falsetto: «Ragazze, ragazze, sono arrivato, eccomi qua!». (Funzionò, ma ti segnavano come omosessuale in non so quale casellario e in quei tempi oscuri erano acidi, ma acidi davvero.) Chi sperava in un parente maresciallo che aveva fatto dei piaceri a un colonnello che avrebbe potuto..., chi si sarebbe raccomandato presso uno zio monsignore, a un amico politico importante... speranze spesso vanificate dalla dura realtà dei fatti.

C'era di poi la famosa nonna a carico: si scoprì che avere una nonna non in grado di sostentarsi ed essere figlio unico di madre vedova, come suo parente più prossimo ti rendeva subito militesente. Quanti giovinetti scoprirono improvvisi affetti per la nonna gridando fieri al mondo: "Io, sol io manterrò e proteggerò l'amabile vecchietta!". Altri invece maledirono la caterva di parenti che questo compito se lo assumevano da anni senza fare una piega.

Insomma, *triste y solitario final*: abile e arruolato.

Lì per lì non ci pensavi più di tanto. "Oh be', m'han fatto abile, andremo a vedere com'è questa vita militare, tanto, guerre non ce ne dovrebbero essere più. O no?" Oppure: "Sai, Gino, oggi mi han fatto abile arruolato. Mi han preso, accidenti. Anche te?! Dài, allora, che andiamo a berci sopra!".

Spensierati, insomma, allegri e incoscienti. Finché un giorno ti arrivava una cartolina su cui era scritto dove e quando ti dovevi presentare per iniziare il servizio. Non era per il giorno dopo, avevi quei due o tre mesi per pensarci sopra. E ci pensavi, ogni tanto, perché vivevi ancora la tua piena vita, ma era come un tarlo sottile, una talpa che ti scavava di sotto. La morosa, ti dicevi in un momento improvviso d'angoscia, mi aspetterà? Ma sì, ma sì, mi ama tanto, me lo ha detto anche oggi, certo che mi aspetterà, casta e fedele; ma dentro di te sapevi, intuivi, che dopo un paio di mesi le di lei lettere si sarebbero rarefatte come gocciole da un rubinetto nel buio e poi sarebbero sparite del tutto, lasciandoti nella tristezza più nera.

E intanto i giorni passavano, non più tre mesi ma due. La distanza al giorno fatale era sempre lunga, e anche se ancora tiravi bellamente avanti, quel qualcosa dentro di te ti rodeva, magari nottetempo ti svegliavi di scatto e prova poi a riaddormentarti. Ma così, una notte soltanto.

Poi, all'ultimo mese, le settimane diventavano tre, poi due, poi una, poi... eccolo lì, il giorno infausto, dopodomani si parte.

E non era mica a due passi, la destinazione. In base a non so quali leggi assurde (o forse, dopo l'Unità d'Italia, per mescolare gli italiani), a meno che il parente maresciallo o lo zio monsignore o l'amico politico importante non fossero riusciti ad architettare qualcosa, chi era di Bolzano veniva scaraventato a Caltabellotta e chi di Palermo finiva inevitabilmente ad Aosta.

Preparavi poche cose e andavi dal barbiere. Così li frego, dicevi ingenuo, non avranno niente da tagliare, senza immaginare che la differenza fra il barbiere civile e quello militare è che mentre il primo, anche se taglia, conserva sempre una parvenza di chioma, quest'ultimo, quando ti ha sotto le mani appena arrivato, considera suo compito storico far tabula rasa di qualunque massa pilifera – un rado ciuffetto lasciato, un insulto alla propria professionalità –, e rasato a zero significa veramente rasato a zero.

Poi ti aspettavano alla stazione, coi camion. Sergenti feroci urlavano i primi ordini. Ti guardavi attorno smarrito, cercando inutilmente tracce confortanti in panorami sconosciuti, intessevi i primi rapporti con altri sfortunati compagni. Infine, chilometri di strada, raramente la caserma era in città come speravi ("Durante la libera uscita la visiterò, andrò al cinema o a teatro, conoscerò gente di qui, magari ragazze!"), ma in lande desertiche e inospitali, ben distanti da qualsiasi centro umano abitato.

Consegnavi subito le tue poche cose e andavi al vestiario; una rapida occhiata di un sergente furiere stabiliva la tua taglia, sempre largamente imperfetta. Ecco due paia di pantaloni, due camicie, due maglie, due paia di calze, due di mutande, un paio di anfibi (con annessa puzzolente scatoletta di grasso per renderli impermeabili), un paio di scarpe, le bustine (copricapi), una serie di fregi e mostrine, ago e filo per cucirteli, una spazzola da scarpe, una gavetta ("Ma esistono ancora? Dovremo mangiare qui dentro?"), un coltello tattico, una cintura di cuoio, un cinturone, una tuta mimetica. Ti vestivi, conservando almeno le TUE mutande (quelle della naia erano davvero una cosa improponibile), ed eccoti lì, soldato italiano, di proprietà dell'Esercito Nazionale, del ministero della Difesa.

Venivi portato al posto letto, cioè alla branda, con vicino armadietto ("Deve essere sempre ordinatissimo! Se a un'ispezione si trova qualcosa fuori posto, vi beccate una punizione!"). Ti si spiegava l'aurea regola del "cubo". Il cubo consiste nel piegare in tre il materasso e sopra mettere, ben stese, coperte e lenzuola, in modo da formare appunto un perfetto parallelepipedo (e non cubo. Forse "parallelepipedo" era parola troppo difficile da usare nell'ambiente). In cima a tutto, il cuscino. Coperte e lenzuola dovevano essere accuratamente tirate ("Lancerò sopra al cubo una moneta! Se non rimbalza, vi beccate una punizione!").

Cominciava a delinearsi quel famoso motto della naia che recita: "La vita militare è rendere le cose facili difficili attraverso l'inutile".

Alla fine, rasato a zero, consegnati gli abiti da civile ("che saranno spediti a casa"), vestito e fregiato, veniva l'ora della mensa, cioè del rancio.

Scendevi le scale e ti trovavi in cortile. Qui scoprivi che facevi parte di un plotone, inserito in una compagnia – fatti conto il II° plotone della I° compagnia. Scoprivi anche che ti comandava un tenente, che dopo avervi inquadrati con una serie di insulti, di "attenti" e "riposo", sul riposo ti dava gli importanti ragguagli di cui sopra.

Poi si rivolgeva a uno a caso, che se ne stava bellamente sul riposo ("Mettiti sull'attenti quando ti parlo!") e fra i due intercorreva questa interessante conversazione:

Tenente: "Come ti chiami?".

Soldato (*Terrorizzato*): "Pinco Pallino".

Ten.: "Il signor Pinco Pallino pensa ancora di essere un borghese. Ma ora (*Urlato*) SEI UN SOLDATO! (*Poi, fingendo infinita pazienza*) Riproviamo, come ti chiami?".

Sol.: "Soldato Pinco Pallino".

Ten.: "E bravo il soldato Pinco Pallino che viene qui e non sa di cosa fa parte. Hai un plotone? Hai una compagnia?".

Sol.: "Soldato Pinco Pallino, II° plotone I° compagnia".

Ten.: "Come? Non sento!".

Sol. (*Urlando e sudando freddo*): "Soldato Pinco Pallino II° plotone I° compagnia!".

Ten.: "Il soldato qui ha la voce flebile, sei forse una checca? (*Guardando gli altri del plotone, con fare mellifluo*) Attenti alle terga stanotte, abbiamo forse arruolato una checca. (*Risatine vigliacche e ruffiane di qualche altro soldato nel mucchio*) Allora, si può sapere come ti chiami?".

Il malcapitato ripeteva la solfa quasi strozzandosi, al che il tenente scuoteva la testa sconsolato, poi: "Va be', va be', imparerete, non mi conoscete ancora ma imparerete a conoscermi, ve lo insegnerò io, a costo di farvi cacare sangue. Attenti, riposo, attenti, riposo, a mensa diii corsa! Qui non si ciondola, qui si va sempre di corsa!". E la torma di sciagurati partiva (ricordando forse qualcuno la mamma che diceva premurosa: "Non correre Ninni, che poi sudi e ti ammali!"), sollevati almeno dal fatto che per il momento era finita. Arrivati a mensa ti stavi per gettare a sedere, quando la voce imperiosa sbraitava: "Attenti! Cosa siete, un branco di barbari? Ora prendete posto con ordine. Attenti! Riposo! Seduti!". E finalmente si mangiava. Pasta al sugo. Pasta al sugo? A qualcuno veniva in mente con infinita tristezza, sforchettando la pasta stracotta, che lui, i maccheroni, li voleva sempre proprio al dente. E queste cosa vorrebbero essere, cotolette? E questo, vino? Serviti poi da svogliati soldati, che mormoravano sghignazzando frasi di grande conforto: "Recluta, devi morire, è finita per i nonni! Recluta, vi faranno ingoiare ombrelli chiusi e li cagherete aperti! Recluta, venti all'alba per i nonni, vi legheranno le palle per terra e vi diranno: 'Ritti!'. E voi vi alzerete!". Ma almeno servivano a tavola. La pacchia sarebbe finita dopo pochi giorni, quando, oltre al servizio mensa, sarebbe partito anche quello in cucina, con relativo lavaggio delle marmitte. ("Cosa vuoi fare, piccino, da grande?", "Lavare le marmitte della cucina dei soldati, zietta!".)

La prima giornata di naia, così densa di composite emozioni, stava per finire. Oziavi in camerata, annusando l'odore di nuovo della roba che indossavi, cercando di fare conoscenza con qualcuno ("Come ti chiami? Di dove sei?") e poi arrivava un sergente con un caporale a ordinare: "Tutti in branda!" e te ne stavi lì, a pensare a ciò che avevi lasciato, al primo giorno di quelli che sarebbero stati diciotto mesi, e quei vigliacchi fuori ti suonavano il *Silenzio fuori ordinanza*, che ascoltato là, la prima notte, è proprio una musica da spaccare il cuore.

Poi i giorni passavano, fra istruzione armi di vario tipo, tiri con le medesime, punizioni assortite. C'era anche, invero, qualche pausa di ristoro. Una si verificava al momento della famosa, preventiva, puntura TABTE (tifo A e B e tetano), perché nella vita militare potevano accaderti rischi continui di quel genere (auguri!): il tifo dei due tipi, appunto, con quello che si mangiava (si diceva sghignazzando) e il tetano, sai mai, con quello che si andava toccando quotidianamente. Sulla TABTE correvano voci terrificanti, tipo febbri conseguenti a livello mortale, ingrossamenti mostruosi del seno, malori postumi continui e robe così. In realtà, poi, non era gran cosa, sebbene lo scenario avesse in sé un che di preoccupante. Si presentava un infermiere (ma c'era anche qualche medico?) con una siringa colossale. Le reclute, tutte in fila, a petto nudo, venivano siringate, una via l'altra, alla velocità della luce. A volte accadeva che, piantato l'ago, l'infermiere si accorgesse di aver finito il siero: "Aspetta un momento" diceva, e la vittima sacrificanda restava lì, con l'ago a penzoloni, in facile possibilità di svenimento. Ma era poi roba da ridere, un piccolo gonfiore al seno (su cui scherzare in maniera laida), una leggera febbre e due giorni di ozio assoluto per i quali ti saresti fatto fare la famosa puntura tutti i giorni.

C'era anche la domenica di messa, perché avevi imparato che se non ci andavi venivi ritenuto di servizio (non si era mai vista gente così pia); poi, se non eri punito, libera uscita, alla ricerca di trattorie con speranza di cibo più umano, in luoghi stracolmi di soldati, peggio che essere in caserma, ma bastava essere fuori e respirare un'illusoria aria di libertà. Per il resto erano soprattutto marce e contromarce, esercitazioni in ordine chiuso, con frasi che non ti saresti mai sognato di proferire prima. Con una punta d'orgoglio: "Marciamo molto meglio noi di quelli del I plotone. Hai visto che imbranati?!". Tutto in vista della famosa cerimonia del Giuramento, con banda, autorità con insigne discorsino e parenti e fidanzate (chi li aveva) in visita. Al momento solenne, "Lo giurate voi?", molti affermeranno di aver gridato, nell'urlo generale, "L'ho duro!" anziché "Lo giuro!", ma non credete a tutti perché, circondati dalla retorica dei discorsi, dal tricolore sventolante, dalla banda e dal banchetto (si fa per dire) che sarebbe seguito, ma soprattutto dalla presenza confortante dei cari genitori e dell'eventuale fidanzata, tanti avranno urlato: "Lo giuro!".

Lì terminava il CAR (Centro Addestramento Reclute) e, già un poco conscio di quella che era la naia nella sua completa assurdità e già un poco rassegnato, dopo esserti scavato una nicchia di pace in quei pochi mesi, venivi spedito al reggimento che ti avrebbe accolto per il restante periodo di vita militare.

Gli ingenui credevano di aver finito buona parte delle loro traversie. Poverini. Perché là, nella nuova definitiva sede, imperava il nonnismo. Nel senso che i "naioni" (non saprei definirli che così), resi subumani da mesi di quella vita, altro modo di sollazzo non avevano che angariare in mille modi le giovani reclute arrivate, reclute che non traevano soddisfazione dal denunciare le sopraffazioni, perché i superiori non dico passavano in non cale le efferate pratiche di iniziazione, ma anzi le caldeggiavano, come autentica espressione della vera essenza della vita militare.

Il "nonno", cioè il soldato prossimo al congedo, l'anziano di naia, era il capobastone, il dittatore, quello che tutto poteva. Il nuovo arrivato, chiamato vuoi "zanzara", vuoi "missile", vuoi "tubo", vuoi in altri cento modi acconci, era l'agnello sacrificale, la vittima predestinata, che tutto sommato si rassegnava a subire suo malgrado, ben sapendo che poi, a carte invertite e diventando a propria volta nonno, avrebbe potuto vendicarsi, anche se non sugli aguzzini, bensì sui poveri sfortunati che sarebbero venuti dopo.

I gavettoni (docce improvvise di acqua gelata. Ma l'acqua in fondo era il liquido migliore) e il sacco nel letto (sai le risate) erano il minimo. Andava di gran moda "un saltino per il nonno", a dire che la recluta, quando incrociava un anziano, al suo comando doveva prodursi in una serie di agili saltelli. Grazioso era "il Musichiere": gli anziani intonavano canzoni (si può immaginare come e quali) e la recluta doveva indovinarne il titolo, ma in posizioni assolutamente precarie, sull'attenti su una plancia o appeso col cinturone fuori dalla finestra. Si dice che il peggiore fosse il corpo degli alpini, dove l'iniziazione consisteva nel passare a carponi sotto una batteria di più di quaranta muli (bestie non sempre docili), o vigeva una comunione blasfema, praticata con fettina di patata tenuta a bagno nell'orina di mulo, e altre amenità.

A volte però c'erano tentativi di ribellione. Mi si racconta che un soldato sardo, di probabile grande carattere isolano, sia sceso un giorno dalla branda, in periodo di riposo, e si sia avvicinato a uno dei più feroci aguzzini. Dopo avergli appoggiato un coltello alla gola (un Pattada?), estrae una sigaretta dicendogli gentilmente: "Mi fai accendere?". Non è più stato molestato. C'era anche gente così.

Poi il tempo, incredibilmente, passava, passava sì. Ormai eri un soldato scafato quanto basta, abile nell'imboscarti, con la cintura piena, a ogni buco, di stelle disegnate a biro dei mesi già fatti. La morosa che ti aveva abbandonato già pianta e dimenticata. Trenta all'alba, venti all'alba, dieci, ormai non ti toccava più nessuno. "All'armi siam borghesi, son giorni e non son mesi" cantavi sull'aria di un'ignorata canzone fascista. Trattavi con familiarità capitani e tenenti, con sufficienza sergenti e sergenti maggiori (i marescialli meno, erano la vera spina dorsale dell'esercito). Finalmente libero, avevi assolto il tuo doveroso compito, pagato il tuo debito con la Nazione.

Tornato a casa ti guardavi attorno, andavi a recuperare gli amici di un tempo, valutavi i cambiamenti, calcolavi le prospettive per il futuro che ti attendeva da militesente. La vera naia cominciava allora.

P.S.: Italo Marighelli in *Parole della naia* (Nuova Guaraldi, Firenze 1980) dà questa probabile versione dell'etimologia della parola: "L'origine sarebbe nell'aggettivo tedesco *neu*, nuovo. Al tempo dell'Austria i coscritti erano detti nelle caserme semplicemente *die Neue*, i nuovi (soldati); e la pronuncia dialettale tirolese, e austriaca in genere, dell'aggettivo è *naje*".

La ghiacciaia

Ricordo, molti anni fa, mia madre in estasi davanti a un negozio di elettrodomestici:

«Guarda, un frigorifero!»

«Ma mamma, l'abbiamo già anche noi.»

«Eeeh, no! Noi abbiamo soltanto una ghiacciaia; questo, il ghiaccio, lo fa, non bisogna mettercelo dentro.»

Sogno di una macchina che teneva in freddo la roba e senza metterci dentro il ghiaccio, anzi, il ghiaccio addirittura lo fabbricava. Che miracoli fa, la scienza?

Ma prima dell'avvento universale del frigo (inventato nella metà degli anni Venti del Novecento), come si tenevano in fresco le vivande?

Si poteva stivare la neve in apposite costruzioni fino a farla ghiacciare, e così durava a lungo, per mesi. Nella montagna pistoiese, soprattutto nella zona delle Piastre, c'era una vera e propria protoindustria del ghiaccio, sopravvissuta fino agli anni Cinquanta del secolo scorso. Deviavano il fiume Reno in apposite vasche e l'acqua, quando la temperatura scendeva sotto zero, ovviamente gelava. Il ghiaccio così prodotto veniva quindi spezzato con speciali picconi e conservato nelle "ghiacciaie", edifici in pietra all'uopo costruiti, a pianta circolare, con tetto conico di paglia e con foglie come isolante, a tenuta (relativa) termica. Il ghiaccio serviva per gli ospedali di Firenze, Pistoia, Montecatini, o per le cantine e le cucine delle ville signorili della zona.

Negli anni Quaranta-Cinquanta in casa, prima del frigorifero, qualcuno aveva appunto la ghiacciaia domestica, e avercela non era da tutti.

Era un mobiletto della grandezza circa di un comodino, un parallelepipedo laccato di bianco, foderato di zinco, con due scomparti. In uno mettevi il cibo da conservare, nell'altro mezza stecca di ghiaccio, venduto da un addetto che passava periodicamente con un carriolo carico di stecche. Te ne rompeva mezza che avvolgevi in un sacco di tela e portavi rapido a casa, staccandone subito un pezzetto da succhiare ("Non esagerare con tutto quel ghiaccio che poi ti fa male!").

Ma non era uno strumento pratico, poi l'uomo del ghiaccio non passava sempre e anche comprare solo mezza stecca al giorno era una spesa per le magre finanze di allora. Così la ghiacciaia fu presto dimenticata e sparì in un oscuro recesso.

Si tornò ai procedimenti tradizionali: il panetto di burro messo in un vasetto colmo d'acqua, e gli "odori" (un rametto di rosmarino, un ciuffetto di salvia e di prezzemolo, una carota, mezza cipolla, una testa d'aglio) in un cestello di metallo traforato appeso fuori dalla finestra. Qualche bottiglia, da bere fresca in occasioni speciali, era tenuta sotto il filo d'acqua corrente del lavandino. Per il resto, non si facevano grandi provviste (i supermercati, allora, non esistevano); il quartiere era pieno dei vari negozietti (fornaio, macellaio, fruttivendolo, lattaio) quasi sempre aperti, anche la domenica mattina, e si comperava solo quello che si mangiava quasi subito.

In montagna c'era il pozzo, che ogni famiglia aveva di fianco a casa, o la grande vasca di una fontana, colmi di acqua gelida. Il cocomero e le bottiglie di Albana o Trebbiano per le grandi feste estive si mettevano in un secchio e si calavano a mollo diverse ore prima, per estrarle fredde al momento della bisogna.

Ma erano soltanto fredde, non gelate, e il concetto di "freezer" sfuggiva ai più. Come a un mio lontano parente, che aveva una pista da ballo estiva, e commise l'audacia di ordinare al bar locale (che evidentemente il freezer ce l'aveva) dei gelati (al cioccolato), che arrivarono in artistiche coppette d'alluminio.

Il pover'uomo, sprovvisto di frigo d'ogni genere, le mise al fresco, nel pozzo. Quando fu il momento di servirne una si accorse, suo malgrado, che il tutto si era trasformato in un'orrenda massa semiliquida.

Quella sera, io e una mia lontana cugina ci gonfiammo di quelli che erano stati gelati. Al cioccolato.

Il telefono

Ricordo, a memoria, circa otto numeri di telefono, con uno sforzo posso arrivare a dieci, e cinque o sei prefissi. A volte però "mi incanto", come si dice, e anche il numero di casa può sfuggirmi e annaspo penosamente nella memoria – il numero di casa propria non si ricorda quasi mai. Ricordo però alla perfezione il primo numero di telefono della mia vita, 32417, per la cronaca, numero dell'apparecchio entrato trionfalmente in casa nel lontano '57. Non si usava il prefisso per le chiamate urbane e di sicuro ignoravo quello della mia città se avessi voluto, da fuori, fare un'interurbana. Ma non sono certo che ci fosse, il prefisso, forse ci sono stati tempi in cui, per fare un'interurbana, bisognava chiamare la TIMO e fare la richiesta a una cortese signorina, che provvedeva alla bisogna. Cos'era la TIMO (Telefoni Italia Medio Orientale)? Be', prima dell'unificazione, nel '64, delle varie telefonie in un'unica società, la SIP, c'erano diverse compagnie, e se la TIMO era per l'Emilia Romagna, Marche e Umbria, così la TETI (Telefonica Tirrenica) era per la Toscana, la TELVE (Telefonica Veneta) per le Venezie – Veneto, Friuli e Alto Adige – e, prima della guerra, anche Fiume e Zara, la STIPEL (Società Telefonica Interregionale Piemonte e Lombardia) era appunto per Piemonte, Lombardia e anche Liguria. Altre, forse da me poco frequentate, mi sfuggono.

Perché ricordo il primo numero? Perché avere il telefono era una cosa importante, come si può facilmente immaginare, una conquista raggiunta nell'ambito familiare, così come, per quei tempi, avere la televisione, il frigorifero e, perché no, l'utilitaria sotto casa. Guardavi dei film americani e vedevi, anche in case di povera gente, il telefono attaccato al muro. E noi no?

Oggi, coi cellulari, il telefono fisso si usa molto meno, ma allora era un'altra cosa. Anzitutto non si mise a cuor leggero, ci fu forse un dibattito casalingo ("Quanta sarà la spesa? E lui – io poi – non starà sempre attaccato al telefono?") e favorì la decisione positiva il fatto che un collega di mio padre, abitante al piano di sopra, ci aveva chiesto se eravamo interessati al duplex. Questa parola, oggi credo sconosciuta ai più, significava praticamente avere due numeri di telefono ma una linea sola, a dire che se uno dei due telefonava l'altro utente restava muto. Ma si risparmiava molto sulla bolletta.

Il telefono era nell'ingresso, attaccato al muro. Non so il perché, ma non veniva messo nel soggiorno o in altra stanza. Era di bachelite, nero (i telefoni bianchi, appoggiati su un tavolino, simbolo di dissoluta ricchezza anni Trenta, erano solo preda in certi film di lascive femmine dalla dubbia professione, in vestaglia di seta e sigaretta con lungo bocchino), e a disco rotante, con filo di solito liscio ma, mi si dice, a volte anche arricciolato. Non ricordo quando il primo squillo echeggiò, rumore nuovo e inconsueto e allora vagamente inquietante. Credo di essere stato io ad alzarmi precipitosamente e andare a rispondere. Che emozione fu quella di dire "Pronto" dal primo telefono di casa?!

Mio padre non lo usava spesso, uomo d'altri tempi e di poche parole che guardava con grande sospetto ogni innovazione tecnica (be', io, suo figlio, non ho a tutt'oggi il telefonino); credo l'abbia adoperato non più di cinque volte nella sua vita. Mia madre l'usava di rado, ma in quei momenti prendeva una sedia e si accomodava, a significare che la nuova macchina non era tanto per comunicare, quanto per conversare amabilmente a distanza con amiche e parenti, il che, alle volte, provocava l'aprirsi della finestra del piano di sopra e il sentire una voce irritata che sollecitava l'abbandono della linea. La cosa, naturalmente, poteva essere reciproca.

Si usa ancora il telefono fisso? Si usa sì, ma il cellulare trionfa. Si è creato un nuovo gergo ("Non ho campo. Tu hai campo?", "Io sì, ma che server adoperi? Adesso mi sposto, mi senti meglio?"). Ci sono continue pubblicità televisive di telefonini che hanno tutto, internet compreso, solo non fanno le famose asole e non attaccano i bottoni. Li guardo stupito, meravigliato e un poco spaventato, un po' come mia nonna paterna quando, un giorno, scesa dalla montagna per una visita, la sorpresi di fronte al telefono che squillava. Lo guardava sgomenta e mormorava: «O poveretta me, adesso cosa devo fare?».

I pennini

Ho scoperto che ci sono anche i collezionisti di pennini, ma perché stupirsi, in fondo ci sono collezionisti di tutto, dalle bustine di zucchero ai sottobicchieri per birra, per dirne solo due. La domanda invece è: li fabbricano ancora, oppure sono reperti preziosi (per il collezionista, naturalmente) rintracciabili solo da vecchi rigattieri o scoperti come tesoro fra dimenticate riserve del nonno?

Chi ha avuto la ventura di adoperarli a scuola li ha in mente con una certa nostalgia, ma forse non li collezionerebbe, ricordando a volte le titaniche lotte, spesso perse, che col pennino venivano condotte. Ma facciamo, come nei romanzi d'appendice, un passo indietro.

Nelle scuole di allora c'erano i banchi. Di legno, monumentali, credo pesantissimi. A due posti (tu e il tuo compagno di banco, il famoso compagno di banco. Ma chi era, il mio compagno di banco, alle elementari? E il vostro?), avevano il ripiano a scrittoio ribaltabile, laccato (laccato?) di un mortifero nero lucido, tanto per far vedere che la scuola non era lì per divertire o far divertire ma per promettere, dalla prima alla quinta almeno, dolore e sofferenza, che lì non si scherzava. Perché era anche scomodissimo sedere su quei sedili di legno, antisalutare, e partivano scoliosi da coltivarsi poi per tutta una vita, lì immobili o quasi per quattro ore di fila, se non la breve pausa, alzando una timida mano, per andare in bagno – che poi, almeno nel mio caso, era un volgare gabinetto. Quando ci lasciavano andare.

Il probabile progetto didattico degli adulti però cozzava con l'istintivo anarchismo dei bambini (di noi, allora, bambini), e il ripiano a scrittoio era non levigato e polito come ogni Alta Autorità Scolastica (mai stati, evidentemente, bambini, loro) avrebbe desiderato e sognato, ma era un intreccio di segni, scavi, calanchi e Grandi Canyon, scritte anche oscene (oscene come può immaginarsele un bambino, naturale), ottenuto in anni e anni di incessante e metodico lavoro di intere generazioni, di ere geologiche diverse, realizzato in maniera artigianale ma efficace con le punte più disparate, da un banale chiodo al più sofisticato coltellino. A volte anche con la punta di un semplice pennino (ma del pennino parlerò fra poco). Per i lavori d'incisione si andava da un banale sfregio a più complesse losanghe, ghirigori, costruzioni di quadrati e rettangoli, fino a scritte vere e proprie come un sobrio *Culo* o il più ricercato *Gianni puzza*.

Il piano inclinato finiva con un'asse in pari (sempre nera) che aveva al centro e all'estrema destra (i mancini non dovevano esistere in natura) un buco. Era il sito per il calamaio.

Questo, di vetro spesso, coi bordi ingrossati nella parte superiore per appoggiarsi al foro e la parte inferiore tondeggiante a paiolo, veniva riempito di inchiostro (nero, ovvio) da un solerte bidello che periodicamente, con un enorme boccione, provvedeva al rabbocco.

Non so che inchiostro fosse, forse era del più fino e puro ottenuto dai *Laboratori e distillerie di Stato*, che distillavano in partenza essenze pregiate e a volte anco odorose per la gioia di noi piccoli tesi nello sforzo di imparare (a leggere, scrivere e far di conto), solo che, o il bidello in parte lo vendeva e riempiva il boccione con un inchiostro di terza categoria, o dentro al calamaio avveniva un misterioso processo chimico per cui spesso l'inchiostro si trasformava in una massa maleolente e putrida, colma di strane e malvagie creature che, catturate dal pennino intinto, lo abbandonavano appena raggiunta la superficie e si trasferivano immediatamente sulla candida pagina del quaderno e tutta l'insozzavano. O magari si trattava soltanto di pezzetti di carta che, inseriti nel calamaio così da intingersi di inchiostro per poi essere allegramente lanciati contro un altro compagno, erano sfuggiti dalle mani bambine e lì dentro avevano trovato la morte e la putrefazione. E non bastavano i pennini più sofisticati per evitare tale scempio (da cui erano misteriosamente esenti gli alunni più bravi).

I pennini, pensati forse per i compiti più ardui e ornati di bella calligrafia, avevano forme le più strane e nomi i più immaginifici. C'era il "gobbino", piccolo e maneggevole, nervoso, atto a bella scrittura se saputo manovrare con decisione; c'era la "torre", un qualcosa che poteva vagamente ricordare la Tour Eiffel, forse pronto per imprese barocche; c'era la "manina", foggiato a mano chiusa con l'indice sfrontatamente puntato, in tempi in cui non solo non si usava, ma anche dai più si ignorava il significato di levare il medio. E quanti altri ve n'erano, ma è inutile qui continuare con nomi e fogge, tipi e modelli, perché ciascuno avrà avuto i suoi, di nomi, differenti da scuola a scuola, da città a città. Forse, in qualche oscura fabbrica (probabilmente tedesca), un trust di ingegneri aveva dato un nome ufficiale a un pennino appena progettato, anzi, più che un nome una sigla o un criptico acrostico, che so, K740, o SBUFF, ma poi il pennino era andato libero per il mondo assumendo la veste e il nome che la cosmogonia popolare e bambina gli avevano affibbiato.

Poi, il passaggio dalle elementari alle medie fu un salto di grado e di ambiente sociale. Non più i banchi monumentali in legno, ma agili banchetti di metallo col ripiano di plastica (formica?) verdolina e sediette singole. Non c'era più il calamaio in vetro, e tutti fummo muniti di penna stilografica, il più delle volte tirata fuori da oscuri recessi dove siffatto classico dono della prima comunione, assieme all'orologio, era stato riposto ("Te la daremo quando sarai più grande, adesso la romperesti subito") in attesa di una più severa coscienza di se stessi e di raggiunta maturità.

Erano terminati i riti precedenti di scrittura: scegliere il nuovo pennino, umettarlo con le labbra, infilarlo nella cannetta, tuffarlo nel calamaio (sia quello scolastico che casalingo, a volte riempito di audace inchiostro blu); già al terrificante esame d'ammissione, per il passaggio dalle elementari alle medie, ci presentammo tutti dotati di regolare penna stilografica, che fu regina nelle agghiaccianti prove dei compiti in classe di latino, matematica, lingua straniera per tutte e tre le medie. In italiano me la cavavo – voglio dire, sempre con la stilografica –, ma erano compiti meno spaventevoli.

A metà degli anni Quaranta, però, era apparsa un'altra protagonista dello scrivere. Un ingegnere ungherese, tale László Bíró, aveva notato come e qualmente una pallina, credo da tennis, rotolando prima nel fango e poi scorrendo su una superficie liscia, vi lasciasse un segno. Da quella osservazione, prova e riprova, soprattutto con vari tipi di inchiostro, era nata la penna biro, divulgata dalla ditta francese Bic. Che non fu subito accettata nel mondo scolastico ma subì una strana interdizione, e fu solo quando arrivai alle superiori che il frutto dell'inventore ungherese divenne di uso comune. Col grande vantaggio che, togliendo momentaneamente il refill e il tappino in fondo, l'astuccetto di plastica si trasformava in una comoda piccola cerbottana atta a sparare palline di carta masticata sulle innocenti compagne di classe, non potendo, dati i tempi, molestarle in altri modi che avremmo voluto e desiderato.

Ora, in epoca di e-mail e sms, i pochi che scrivono ancora lo fanno col computer o col telefonino. Solo qualche anziano aristocratico o giovane fighetto usa la stilografica. In ogni casa ci sono circa dieci biro, di cui solo due funzionanti, e male. A volte si volatilizzano, è fenomeno fisico accertato che una biro, lasciata incustodita anche solo per alcuni secondi, sparisca e non si trovi più. Si usano comunque per firmare la ricevuta di un pacco postale o per fare la lista della spesa. A volte, pescandola da una capace borsetta femminile, per scrivere le sempre più rare cartoline che si inviano in occasione di un viaggio, con calligrafie incerte e firme quasi sempre illeggibili.

E il pennino, il glorioso pennino, è diventato materia da collezionisti.

La Topolino

Ho conosciuto due persone che possedevano una Topolino. Una, alla fine degli anni Cinquanta, era il padre di Alfio Cantarella, batterista nel complesso (allora si chiamava complesso) nel quale militavo io, i Gatti, e, più tardi, nel gruppo (si era cambiato nome) dell'Equipe 84.

Il signor Cantarella, che non navigava nel denaro, aveva adottato quell'economica automobile per fare il proprio lavoro, che consisteva nel girare la provincia di Modena vendendo un detersivo di autarchica o meglio familiare produzione, il Bum, se non sbaglio, traendone modesti guadagni, talvolta anche in natura, cioè verdura e frutta di stagione.

A volte ci seguiva in qualcuna delle nostre "serate", come si diceva, in oscure sale da ballo della provincia, affrontando a seconda del periodo nebbie proverbiali o caldi atroci; il tutto per apparire alla fine, prima di salire a bordo del mezzo (parzialmente coperto da tela cerata, se non ricordo male), ad affermare che la serata era stata uno schianto, con grande successo di pubblico (e di critica), che mai nessuno aveva suonato così bene eccetera. Potenza dell'affetto paterno.

La seconda persona (e qui siamo nei primi anni Sessanta) era una giovane ragazza bene di Bologna: la Topolino era una macchina sì economica per una ragazza, ma anche (e questo importa) molto fighetta, per non dire snob. Un giorno, percorrendo il tragitto Porretta-Ponte della Venturina (si andava in vacanza dove si poteva), fu sorpassata dalla spider di un comune amico (bancario, quindi di grado economico più alto). Si scatenò uno scherzoso inseguimento, con sorpassi reciproci, clacson a tutto volume, insulti, mani che sventolavano il simbolo delle corna e vai.

Il caso volle che capitò nel mezzo della finta lite un autista di camioncino toscano, il quale sorpassò i due, si mise di traverso alla strada e scese con una spranga di ferro. Ci vollero tanta diplomazia e carineria femminile (ovviamente da parte della ragazza) per spiegare all'inviperito autista (ho avuto un attimo di delicatezza, in effetti era incazzato come una vespa) che corna, insulti e tutto il resto non si riferivano alla di lui castissima moglie e alla sua immacolata fronte, ma semplicemente trattavasi di un gioco fra amici.

Due situazioni, due diversi proprietari, due Topolino, forse entrambe lontane dalle intenzioni iniziali. Pare fosse lo stesso Mussolini che, nel 1934, diede ordine al senatore Agnelli di far progettare una vettura che, sulla scia della Ford T o della Volkswagen tedesca, fosse di portata popolare e non costasse più di cinquemila lire. Un modo per motorizzare l'Italia fascista.

L'incarico fu affidato all'ingegner Dante Giacosa, che in due anni realizzò il miracolo: il 15 giugno del 1936 presentò la vettura. Solo il prezzo non era rimasto dentro ai parametri del progetto: la Topolino costava 8900 lire, venti volte la paga annuale di un operaio.

E gli operai, ovviamente, non la comperarono, ma fu la vettura di una piccola borghesia desiderosa di automobile; non aveva grandi prestazioni, raggiungeva gli ottantacinque chilometri all'ora, ma d'altra parte di più non potevi fare, però i consumi erano bassi, mediamente sei litri di benzina per cento chilometri. Ebbe un grande successo che continuò, nel dopoguerra, con l'ultimo modello, la Topolino C; dal '47 al '55 furono prodotti seicentomila esemplari. Nel '57 fu lanciata sul mercato una nuova superutilitaria, la Nuova 500, che diventò l'auto giovanile per eccellenza. La Topolino si trasformò in oggetto d'antiquariato.

Era l'auto di un'Italia diversa, in bianco e nero, più povera, senza asfalto a coprire tutto, senza ingorghi domenicali o da grandi esodi. L'auto cantata da Paolo Conte nella *Topolino amaranto,* dove si immagina, nel '46, l'uomo che corre con una bionda al fianco, subito dopo la guerra, con la voglia di vivere che c'era. Non guardare il panorama, dice, è quello triste del dopoguerra, ma apri la capotte e guarda il cielo "azzurro e alto / che sembra di smalto e corre con noi"; ebbrezza di povera velocità (ottantacinque chilometri all'ora!), di gioventù, di una "bionda" che noi, ahimè, non conosceremo mai.

Il caffè d'orzo

In questi giorni, al ristorante, si può verificare uno strano rito. Al momento del caffè, quando il cameriere attende le ordinazioni, a volte ti è dato di vedere la parte femminile del tavolo che tentenna dubbiosa, partono commenti sul caffè che non fa dormire, che dà bruciori di stomaco, poi una di loro si illumina decisa e chiede: "Ha l'orzo? Sì? (certo che ce l'hanno, oggi l'orzo viene servito anche nei peggiori bar di Caracas!) Allora un orzo, per favore!". Al che il cameriere completa il rito e domanda: "In tazza grande o in tazza piccola?". E qui partono le diverse ordinazioni femminili.

Il mistero delle differenti misure delle due tazze mi è stato recentemente svelato: in tazza piccola, sarebbe come un espresso (un espresso d'orzo?); in tazza grande, come una benefica tisana atta a far digerire quello che la gentile signora o signorina ha degustato per pasto, di solito verdurine (verdurine, sia chiaro, non verdure) alla griglia. Ma questo è un altro discorso.

E l'orzo, che arriva fumante (in tazza piccola o grande), mi riporta indietro nel tempo, alle mille mattine di caffelatte infantili, in tazza grande, con chili di pane inzuppato, quasi che, come si diceva, il cucchiaio dovesse rimanere dritto in equilibrio. Mattine infantili che poi, adulto o quasi, categoricamente e sdegnosamente rifiutasti per una tazzina di caffè, e basta, e via per il mondo.

Oggi il caffè d'orzo viene confezionato in apposite cialde ed esce dalla stessa macchina dell'espresso. Un tempo invece l'orzo lo si tostava in casa, usando svariati marchingegni: veniva messo dentro a un curioso aggeggio cilindrico cavo, di un venti-trenta centimetri; un ferretto permetteva di appenderlo alla catena del camino e un lungo manico di girarlo per favorire la tostatura. C'erano anche una sfera di metallo e una specie di padella con coperchio, usata per la stufa economica.

Una volta compiuta l'operazione, l'orzo veniva macinato con l'apposito macinino. Al di là, però, dell'uso per il caffelatte dei bambini, era segno di povertà, o di autarchia. L'orzo sapeva di orzo, non c'era verso, tant'è vero che si vendevano (e alcune marche si vendono ancora, ma siamo oggi nel regno delle tisane) delle miscele, tipo la Miscela Leone o

La Vecchina, che erano surrogati del caffè, fatti con orzo, segale, radici di cicoria, ghiande e via andare.

E quando una signora di un tempo riceveva una visita non offriva certo un orzo, ma un caffè. Anzi, perché non ci fossero equivoci, si diceva: "Gradisce un caffè caffè?".

Il prete

Giorni grami, quelli d'una volta, quando il freddo, da novembre a febbraio (e a volte prima e oltre), si faceva sentire. Oggi giriamo di stanza in stanza e, miracolo, sono tutte ugualmente riscaldate. Un tempo, invece, solo pochi fortunati avevano il termosifone (il re? Il presidente della Repubblica?). Gli altri dovevano arrangiarsi. Forse la gente era più temprata, forse anche in casa ci si copriva di più, ma di solito ci si accontentava, per il riscaldamento, di qualche stufa a cassettoni di cotto sovrapposti (storiche le Becchi da Forlì), o della famosa cucina economica.

Era questa una geniale invenzione progettata in Inghilterra nella prima metà dell'Ottocento. Costruita in ghisa, acciaio e terra refrattaria, era alta circa ottanta centimetri e aveva una piastra di cottura di centocinquanta centimetri di lunghezza per settanta di profondità. Al centro della piastra di ghisa una serie di cerchi concentrici estraibili permetteva l'inserimento di pentole di diverse dimensioni per farle arrivare a diretto contatto con la fiamma. A lato, una caldaietta estraibile riempita d'acqua forniva l'acqua calda per lavare i piatti e, volendo, anche per il famoso bagno del sabato pomeriggio, in regolare tinozza di legno. Due gli accessori: una spranghetta di ferro di una cinquantina di centimetri con la quale si potevano rimuovere i cerchi senza scottarsi, e un mestolo dalla curiosa forma ovoidale per rimestare nella caldaia che era foggiata a parallelepipedo.

Nel corpo della stufa si aprivano diversi sportelli: uno per la legna o il carbone, e uno, più piccolo, sottostante, per la cenere. Di fianco uno sportello più grande apriva il grande vano del forno, e sul tubo della stufa che si infilava nel buco della canna fumaria era posto uno stendiabiti a raggiera fatto di stecche metalliche che si alzavano e si abbassavano alla bisogna. Il tubo, per non farlo arrugginire, era spesso verniciato di porporina argentata che, scaldandosi, riempiva la casa di un discutibile odore. Ricordi di pomeriggi di noia alle prese coi compiti delle elementari e il vapore acqueo che si stampava sui vetri delle finestre grondando sulle intelaiature.

Il tutto risultava geniale. La stufa economica forniva calore, e dava la possibilità di cucinare e di avere spesso una provvista di acqua calda. La famiglia le si radunava intorno, e mi si dice che la cottura di una vivanda avvenga molto meglio sulla stufa economica che sul gas.

Ma come tutte le stufe, anche questa aveva il difetto che bisognava sempre riempirla di carburante. Durante la notte, naturalmente, ciò non avveniva e la casa tornava a precipitare nel gelo.

Poi c'era, in alcune case, anche il camino. Calore ne faceva, e tanto; peccato lo facesse solo di fronte, ti bruciava davanti e dietro gelavi. A un metro di distanza il tepore poi scemava: al di là della notte di Natale, nella quale era bello e poetico sedere vicino al camino a vedere ardere il famoso ciocco (cantando magari gighe e carole ovviamente natalizie, come negli ingannevoli romanzi di Dickens), ci voleva l'eventuale assistenza della stufa economica per stare caldi in tutto l'ambiente. E anche il camino, se non lo si rifocillava di legna, era destinato presto a languire con qualche brace guizzante sotto la cenere e a morire.

Le stanze da letto non erano mai, dico mai, riscaldate. C'erano notti in cui la temperatura scendeva violentemente sotto zero e alla mattina i vetri erano zigrinati dal vapore dei fiati che si ghiacciava sulle finestre e, per chi non aveva l'impianto idraulico, in camera gelava pure l'acqua delle brocche.

Anche il letto era gelato, le lenzuola cariche di fredda umidità, nonostante i pesanti "coltroni" imbottiti di lana e le altrettanto pesanti coperte.

Ma c'era il sistema per renderle umanamente accettabili e tiepide: il prete. Nome questo dovuto a un malizioso sentimento popolare (era un attrezzo che si infilava nei letti), consisteva in un trabiccolo di legno a forma ovoidale: stecche ricurve lo foggiavano, e al centro, nella parte inferiore, aveva un ripiano di legno foderato di latta. Lì si ponevano lo scaldino di terracotta o una bacinella di ferro, che venivano riempiti di cenere e braci e indi sistemati nel letto, col prete, a un'ora acconcia. Al momento di andare a dormire, dopo essersi spogliati alla maggior velocità possibile nel gelo della stanza (momenti drammatici, ma più drammatici la mattina dopo), ci si cacciava sotto le coltri e si trovava così il letto tiepido e le lenzuola asciutte e calde.

C'erano altri piccoli espedienti, soprattutto per scaldare la parte terminale del letto, regno dei piedi, difficilmente raggiungibile dal calore delle braci. Oltre alla normale borsa dell'acqua calda, si usava un mattone, per esempio, arroventato alle fiamme del camino e avvolto in una custodia di stoffa, o, udite udite, un bossolo da cannone 105/22 (ricordo di guerra) saldato in bocca con chiusura a vite e riempito con l'acqua bollente della caldaietta dell'economica. Anche questo, ovviamente, avvolto in stoffa protettiva.

Dimenticavo: c'era un altro attrezzo come il prete, un aggeggio semisferico di stecche, alla cui sommità pendeva un gancio a cui si appendeva lo scaldino.

Veniva chiamato suora.

Le sigarette

Ammetto, abbiamo fumato di tutto (o quasi tutto, sia chiaro). Figli di una generazione che fumava, fumava sì, e che ebbe una delle soddisfazioni (poche o tante, vedete voi), all'uscita dalla guerra, di entrare da un tabaccaio e ordinare un pacchetto di sigarette senza tessera, senza restrizioni, senza laccioli di nessun tipo. Sempre che si avessero i soldi per comprare un intero pacchetto, naturalmente. Perché le sigarette si vendevano anche sciolte: uno, metti, ne chiedeva cinque e il tabaccaio le infilava in una bustina trasparente o arrotolava destro un pacchettino con una schedina della Sisal, che era poi la nonna del Totocalcio.

Fumavano tutti quello che potevano, i ricchi forse ovali sigarette di profumati mélange orientali, da pacchetti rettangolari di cartoncino con uno pseudo-biglietto da visita inserito (per quali misteriosi appunti?), i più proletari trinciato forte (cascami di sigari?), che tenevano in scatolette metalliche fornite di cartine, rette da apposito gancio, con le quali si arrotolavano coraggiose e infumabili sigarette, come molti giovani di oggi, che si arrotolano il proprio veleno ma con tabacchi più umani.

C'erano, anche, gli eroici cercatori di cicche. Una categoria mitica, una vocazione, un destino. Uscivano all'alba (così ci piaceva pensare), muniti di un bastone con un chiodo in punta, e infilzavano, ratti e alacri, qualunque resto di tabacco fosse stato lasciato da sibariti dissipatori sui marciapiedi. Insaccavano i preziosi cimeli e a casa, tagliata la parte bruciata delle cicche e spezzata la cartina restante (spero aiutati in ciò dalle fedeli mogli, modesto ma fulgido esempio di industria familiare), riempivano enormi cartocci di tabacco recuperato, che in piccola parte consumavano personalmente e in grande parte rimettevano immediatamente in circolazione, a prezzi più che modici.

Noi, quindi, dalla nascita, abbiamo respirato tabacco, prima che si scoprisse che "il fumo nuoce gravemente alla salute". Non c'erano divieti per fumatori quando noi, allora bambini, eravamo presenti. Non c'erano proibizioni nei cinema, nei ristoranti, nei bar, né, tantomeno, nei peccaminosi night, eredi dei *tabarin*, dove, giovinetti, sognavamo di essere fra musiche languide, ammalianti donnine, whisky a piovere e, va da sé, volute e volute di fumo, possibilmente da aromatiche sigarette d'oltreoceano, dai nomi esotici e fascinosi, Chesterfield, naturalmente, e poi giù, con le Camel, e le Lucky Strike, le quali, si sussurrava, volevano significare forse "colpo fortunato" o "sciopero fortunato", derivato da un mitico sciopero che in qualche modo aveva cambiato, di sicuro in meglio, la qualità del tabacco.

Quindi eravamo fatalmente sospinti al terribile vizio.

Da bambini, ovvio, non fumavamo, ma a volte, nei nostri giochi, imitavamo gli adulti, fingendo di fumare delle ignobili sigarette di cioccolato, pretendendo di aspirare e di sbuffare l'immaginario fumo, e stavamo lì coi grandi che ci guardavano fieri. "Guarda, fuma!" dicevano allegri. "Ti piace fumare come il babbo, nevvero?", e noi assentivamo coglioni e felici.

Chiaramente, prima di arrivare alle vere e proprie sigarette, ci furono esperimenti. In montagna, per esempio, provammo con ramoscelli secchi della vitalba, tagliati a mo' di sigaro. Erano porosi e, accesi da una parte, tirando, il fumo arrivava in bocca. Non lo respiravamo, però, perché sarebbe stato come fumare la spalliera di una sedia. Era un po' come la sigaretta di cioccolato, col vantaggio che almeno c'era il fumo. Piuttosto che niente è meglio piuttosto, dice un proverbio locale. Qualcuno sosteneva che, alla bisogna, erano meglio i rametti di sambuco, più eleganti e di gusto di gran lunga superiore, ma la discussione fra le due teorie, anche accesa e provata dal vivo di recente, non è addivenuta a conclusioni soddisfacenti.

Costruimmo anche eleganti pipette con la terra creta, cotte poi in improvvisati forni, dotate di apposito bocchino di legno di fico, e vi fumammo grande varietà di foglie secche – di rosa, di noce, di vite e via andare –, discutendo su quale fosse la migliore. Era apprendistato, ma erano sempre innocenti giochi di ragazzi.

La prima vera sigaretta ci fece passare al professionismo. Furata da un pacchetto in casa, fu guardata con tremore ed emozione; fu accesa e si provò a tirare, colpiti subito da un accesso di tosse, poi, continuando, da un leggero giramento di testa. Ma se i più grandi fumavano, qualche gusto ci doveva pur essere. Passammo quindi a provarci seriamente.

Il primo pacchetto acquistato allora, credo da tutti noi, fu un pacchetto di Giubek. In carta morbida giallina, recante un'effigie di sfinge con barbetta e alcune palmette, erano le vere sigarette dei principianti, perché leggere e con filtro. Le credevo scomparse dalla circolazione, quando ho letto che sono ancora prodotte dopo un periodo di dimenticanza. Ma le Giubek avevano alle spalle una lunga storia. Uscirono ai primi del Novecento in pacchetto metallico da dieci, col nome Spagnolette (così allora venivano anche chiamate le sigarette) Giubek. Nel

1936, in piena guerra d'Africa, seguirono i destini imperiali della Nazione in pacchetto da venti prendendo il nome di "Giuba", un fiume della Somalia. Finita l'ultima guerra e finito l'Impero tornarono al normale sebbene esotico nome Giubek (completo di sfinge e palmette), pronte a soddisfare i cauti gusti dei novelli fumatori.

Ma da bravi neofiti cominciammo a guardarci attorno, a spaziare, a cercare nuove emozioni. Passammo alle Mentolo (lo ammetto con una certa riluttanza), attirati da quel saporaccio di menta che probabilmente ci ricordava l'ormai perduta infanzia; provammo le Africa, conquistati forse dalla sensuale africana a seno nudo (uno solo, se non sbaglio) che si mostrava sul pacchetto; assaggiammo le Cowboy (uscite nel 1952), miscela americana, dicevano, con vaccaro che, sul pacchetto, allegro si impennava col lazo su un mustang – significativo lo slogan che le propagandava: "Nell'offerta di una sigaretta un invito all'amicizia"; le Stop col filtro o senza. Poi, dopo, è stata un'orgia, di marche e di tipi. Abbiamo provato, senza contare le tre classiche americane sopra dette (ma come saranno state le Old Gold, intraviste su un settimanale americano, sapevano davvero di mela, come la pubblicità lasciava indovinare? E poi, erano veramente sigarette?), le Craven "A", le Muratti, le Philip Morris, le francesi Parisienne, le Gauloises e le Gauloises Papier Maïs (identiche, ma fatte con carta ricavata dal granoturco, folle desiderio di riva sinistra giovanile), le Gitanes, le Celtic, e vai col liscio, le Virginia, le Turmac, le Pall Mall, le Mercedes, le Kent, le Astoria, le Peter Stuyvesant e anche le Navy Cut, affascinati dal pacchetto rettangolare e da quel marinaio barbuto che spuntava dal salvagente, senza sapere che queste erano le sigarette che gli alleati gettavano ai partigiani in tempo di guerra, assieme ai più utili Sten. Perché eravamo attirati più dall'estetica del pacchetto che dal sapore o dall'aroma delle sigarette in esso contenute.

Di tutto abbiamo fumato, in particolare quando, di sabato pomeriggio, andavamo in piazza dai contrabbandieri a comprare un pacchetto per far bella figura alla festina della domenica, e ci sembrava di acquistare chissà quale pericolosa droga.

Poi, quando il vizio non è stato più gioco ma qualcosa di quotidiano, dopo la prima coraggiosa ammissione casalinga (dopo mangiato: "Babbo, mi offri una sigaretta?", "Perché, fumi? E da quando? E con quali soldi te le comprerai?"), quando il vizio è diventato una tassa giornaliera, allora siamo passati alle più casalinghe Nazionali Esportazione (ma dove le volevate esportare?) e, in tempi di crisi economica nera, alle Alfa, alle Sax, o alle Nazionali Semplici, chiamate ironicamente "N bleu" (pronuncia alla francese!), o "Napoleon".

Abbiamo fumato di tutto (o quasi tutto, sia chiaro). Il vizio è, purtroppo (o, naturalmente, per fortuna), il vizio.

Come quella volta che, coraggiosi giovinetti, entrammo da un tabaccaio con dieci lire e chiedemmo una Nazionale.

Il tabaccaio fece, sornione: «Te la incarto o la fumi subito?!».

Il cinema

Una volta, al cinema, pioveva.

Non pioveva certo nelle sale di prima visione, o, forse, nemmeno in quelle di seconda. Pioveva nelle sale (chiamiamole così) di terza (credo non esistano più), o, alla domenica, nei cinemini parrocchiali, frequentati da noi ragazzi, venti lire due film (*Bernadette* e *Torna a casa Lassie*?) e vai allegro. Pioveva perché la pellicola, di molto annosa e vetusta, era oltremodo rigata dall'uso e sembrava che ogni scena si svolgesse sotto un incessante acquazzone, ma questo non ci disturbava, anzi, forse pensavamo che l'effetto pioggia facesse parte della complessità dell'arte cinematografica, o fosse un evento naturale, come, ogni tanto, il sonoro che andava in un curioso effetto eco-strascinamento voce e trac!, si rompeva la pellicola, con conseguenza di urla e proteste in sala. Com'è che oggi la pellicola non si rompe più?

Forse perché il cinema di una volta non è come il cinema di adesso. Sembra uguale, ma ci sono differenze fondamentali. Lo so, si è passati dal muto al sonoro, dal bianco e nero al colore, dal normale schermo al CinemaScope, che trionfò dal '53 al '67 e fu sostituito da tutte le altre diavolerie tecniche come la Panavision o, addirittura, il 3D, ma queste innovazioni sono solo piccole secondarie cose. In fondo, il cinema è solo qualcosa che si muove quando viene proiettato su uno schermo. Pensiamoci bene, alle differenze. Per dirne una sola, al cinema, una volta, si poteva fumare.

Ma non si fumava così, una sigaretta e via e buona lì. Si fumava come tutti fumavano allora, molto, e non solo nei film dell'espressionismo tedesco (*M – Il mostro di Düsseldorf* faceva venire la tosse solo a guardarlo!), si fumava imitando gli attori sullo schermo che fumavano tutti, specialmente nei film americani, prima che gli stessi americani scoprissero che fumare fa male. Le volute di fumo salivano alte annebbiando lo schermo e provocando curiosi fenomeni ottici quando incontravano i fasci di luce del proiettore, fantasiose e fascinose e complesse psichedeliche spirali grigio argento, che si innalzavano al cielo vorticando. Adesso, forse, il film si vede meglio, l'aria è più tersa, sembra di stare in alta montagna, ma vuoi mettere? Sei al culmine dell'emozione e la mano ti corre spasmodica al pacchetto ma la ragione ti frena: "Fermati, non si può!", e ti affloscì, non gusti più la scena e pensi a quando uscirai dalla sala e finalmente, all'aperto, potrai accenderti una sigaretta.

Non come allora. Ricordo, 1957, il film di Robert Aldrich *Prima linea,* titolo originale *Attack!*: l'eroe, Jack Palance, sta per essere schiacciato da un tank tedesco (gli schiaccerà poi solo un braccio), e io, all'amico al mio fianco: «Dammi una sigaretta, per favore». Risposta sussurrata: «Te la do perché capisco il momento, ma domani, poi, me la ridai!». Generoso.

Si obietterà: "Ma pensa al sollievo per i non fumatori!". Be', allora non esistevano i non fumatori e, se c'erano, erano talmente circondati dal fumo dall'essere ormai mitridatizzati e non se ne accorgevano più.

Forse, sostitutivo del fumo, potrebbero essere i brustulli, o brustolini, detti nella Modena della mia adolescenza *romeline,* per distinguerli dalle *romeline americane* che eran poi le arachidi, che però al cinema non si vendevano. Oggi c'è il popcorn, prodotto nell'atrio del multisala da uno strano macchinario, che emana già il dubbio e non piacevole aroma dei misteriosi grassi vegetali con cui viene confezionato e pervade tutto l'ambiente. Vedi lo spettatore (specialmente se seguito da frotte di pargoli) entrare in sala reggendo colossali barattoloni contenenti il granoturco soffiato e sai che il tutto verrà sgranocchiato durante l'intera proiezione con l'effetto "frangean la biada con rumor di croste" tipico dei cavalli normanni e di certi spettatori contemporanei.

Il brustullo era più silenzioso, richiedeva però una grande tecnica, raffinata attraverso anni di esperienza: retto da mano sicura, si poneva il seme di zucca salato sotto i denti davanti e lo si schiacciava leggermente, fino al sentire il *tac* che indicava l'apertura del seme. Lo si schiacciottava sempre gentilmente fino ad avere il seme stesso in bocca. Solo allora si masticava, suggendo nello stesso tempo un poco di sale del guscio. Il guscio stesso veniva allegramente sputato in terra. Si creavano così montagnette di gusci vuoti che lo spettatore accorto, andando al suo posto, evitava di calpestare alzando di poco il piede. Due o tre pacchetti di brustulli potevano bastare ma, se il film era particolarmente emozionante (che so, *Dracula il vampiro*), i pacchetti si esaurivano con rapidità e si doveva attendere l'intervallo e l'apparizione del "cinno" con la cassetta e il suo urlo liberatorio: "Caramelle aranciate gelati brustulliii" per fare rifornimento.

Un tempo si entrava al cinema quando ci pareva.

"Be', anche adesso!" diranno i miei più giovani lettori.

No, non è proprio così. Un tempo, normalmente, si entrava al cinema a proiezione già iniziata. Diciamo che un amico passava da casa tua verso le nove, poi si scendeva al bar a prendere un caffè e si guardava il giornale o la civetta dei vari cinema, si discuteva sulle varie possibilità, si saliva in auto e si andava verso la meta prescelta. Incredibile a dirsi, anche in centro si parcheggiava a un centinaio di metri, al massimo, dalla sala. Si entrava, di solito a buona parte del primo tempo iniziato. Si guardava poi il secondo tempo e si attendeva l'inizio della nuova proiezione, e la frase classica era, quando la scena coincideva con quella del nostro ingresso: "Siamo arrivati qui". Così ci si alzava e si andava via, oppure si rimaneva a rivedere la fine del film.

Questo sconcerta gli spettatori più giovani. "Ma come, non vedevate il film dall'inizio? E come facevate a capirci qualcosa?"

Ci capivamo, o cercavamo di capire, eravamo allenati. Certo non sempre, non tutto, e certe cose venivano svelate compiutamente solo durante la seconda proiezione, ma era bello così. Ah, ecco perché ha detto questo, ha fatto quello, ti dicevi, e la cosa aggiungeva un nuovo sapore al tutto.

Credo che l'ingresso a orari fissi sia iniziato con l'avvento dei multisala e, con questo, anche l'idea dei posti fissi, come a teatro. È più comodo, lo ammetto, ma toglie quel che di scapigliato che c'era nei cinema di un tempo.

Mi spiego: in certe serate, soprattutto d'inverno e di un film di un certo richiamo, entravi e non c'era un posto a sedere. Col cappotto sul braccio, appoggiato al muro, con un occhio guardavi il film ma con l'altro osservavi la platea pronto a cogliere un minimo movimento di qualche spettatore che si alzava perché "era arrivato lì". Ti precipitavi, allora, cercando di superare in velocità altri disperati che si erano mossi contemporaneamente a te. Il che provocava, a volte, delle divertenti risse.

Certo, oggi è più comodo, hai il posto sicuro, l'aria è più salubre, la sala è più pulita (vedi lo spettatore che, finito il film, si alza col bussolotto vuoto del popcorn e lo va a gettare nel bidone dell'immondizia. Siamo diventati più civili?). Manca però quel senso di Selvaggio West che c'era nei cinema di una volta.

Indice

Arnoldo Mondadori Editore S.p.A.

Questo volume è stato stampato
presso Mondadori Printing S.p.A.
Stabilimento Nuova Stampa Mondadori - Cles (TN)

Stampato in Italia - Printed in Italy